Hannelore Cayre
Der Lumpenadvokat

Aus dem Französischen von
Stefan Linster

W0251022

Unionsverlag

metro – Spannungsliteratur im Unionsverlag,
herausgegeben von Thomas Wörtche

Die Originalausgabe erschien 2004 unter dem Titel
Commis d'office bei Éditions Métailié in Paris.
Deutsche Erstausgabe

Im Internet
Aktuelle Informationen,
Dokumente, Materialien
www.unionsverlag.com

2. Auflage 2007

© by Éditions Métailié 2004
© by Unionsverlag 2007
Rieterstrasse 18, CH-8027 Zürich
Telefon 0041-44-283 20 00, Fax 0041-44-283 20 01
mail@unionsverlag.ch
Alle Rechte vorbehalten
Umschlaggestaltung: Theres Rütschi, Zürich
Umschlagfoto: Bernard Laguerre
Druck und Bindung: Clausen & Bosse, Leck
ISBN 978-3-293-00379-8

Den Kärrnern des Strafrechts und für Jean-Christophe

1

Frédéric Moreau, seit Kurzem mit dem Zeugnis der Reife ausgestattet, kehrte heim nach Nogent, wo er zwei lange Monate ausharren sollte, ehe er sein Studium der Rechte antreten würde.

»Erzähl mir.«

Ich versuche, meinem Freund, dem Luden, verständlich zu machen, dass mein Albanisch allzu rudimentär ist, um ihm ein Buch nachzuerzählen, in dem nichts passiert. »Das spielt 1840.«

»Na und?«, erwidert er eingeschnappt.

Er glaubt, dass ich ihm von oben herab komme, und schmollt.

Anhand der ungefähr hundert Wörter, die ich gelernt habe, seitdem ich seine Zelle mit ihm teile, stürze ich mich in eine freie Übersetzung. Ohnehin gibts nichts Besseres zu tun. Heute regnet es so stark, dass man unmöglich für den Hofgang vor die Tür kann.

»Eines Tages sieht ein Mann Frau, die verheiratet ist, und er liebt Frau, die verheiratet ist, und er wartet sein ganzes Leben auf Frau.«

»Wie heißt sie?«

»Madame Arnoux.«

Kopfwackelnd denkt er nach und verdaut die Information. »Und was passiert da?«

»Nichts. Er hat Schmerz sein Leben lang, das vergeht. Er macht nichts.«

Ich werde Augenzeuge einer Begegnung der dritten Art: Dragan Dostom, Zuhälter vom Boulevard Serrurier, dem unter anderem zur Last gelegt wird, ein paar Mädchen, die wie die Faulpelze angeschafft hatten, durchgebläut und verkauft zu haben, versucht sich in einer Regung der Empathie gegenüber Frédéric Moreaus Leid.

»Und der Ehemann?«

»Der ist alt und nicht schön. Der geht mit anderen Frauen schlafen. Der hat Geld, verliert aber Geld.«

»Und warum nimmt sich der andere dann nicht die Frau von dem Alten?«

»Weil er lieber leiden will!«

Er sieht mich mit einer von Unverständnis triefenden Fresse an. »Warum liest du das?«

»Weils auf der Karre aus der Gefängnisbibliothek nichts anderes gab!«

Diesen letzten Satz habe ich auf Französisch gesagt, doch er hats trotzdem verstanden.

»Lies, ich werd schlafen.«

Also beginne ich laut zu lesen, um den dicken Dostom einzulullen, während dieser sich im Bett über mir unter dem infernalischen Ächzen alter Sprungfedern in seine Decke kuschelt.

Mit einem letzten Blick umfasste er die Île Saint-Louis, die Cité, Notre-Dame; und als bald darauf Paris verschwand, stieß er einen tiefen Seufzer aus …

Es ist zwar erst vier Uhr nachmittags, weil aber der Winter naht und wir mieses Wetter haben, ist es draußen schon fast dunkel.

Frédéric Moreau, seit Kurzem mit dem Zeugnis der Reife

ausgestattet, kehrte heim nach Nogent, wo er zwei lange Monate ausharren sollte, ehe er sein Studium der Rechte antreten würde.

Er schnarcht.

Auch ich beginne wegzudriften.

Ich bin achtzehn Jahre alt.

Er dachte an das Zimmer, das er in Paris bewohnen würde, an den Entwurf eines Dramas, an Sujets von Bildern, an dereinstige Leidenschaften. Er fand, dass das ob der Vortrefflichkeit seiner Seele verdiente Glück doch auf sich warten ließ.

Stolz wie ein Spanier, mein Abi in der Tasche, lese ich *Die Erziehung der Gefühle* und fläze mich dabei angeberisch auf die Sitzbank der S-Bahn RER, Linie A, Richtung Boissy-Saint-Léger. Ich fahre ebenfalls nach Nogent, um meinen Eltern zu verkünden, dass ich in Paris eine Bude gefunden habe und ausziehen werde.

Ich gerate schier in Verzückung darüber, dass sich – seit 1840 – nichts gravierend geändert hat.

Wie Frédéric Moreau will ich die Welt verschlingen, und die Halbweltdamen bringen mich zum Fantasieren. Ich träume von einer kleinen gemütlichen Wohnung, von Mädchen, die ich mir darin genehmigen werde, von der Kohle, die ich verdienen, und von dem Schlitten, den ich mir leisten werde.

Doch vor allen Dingen bin ich davon überzeugt, dass das ob der Vortrefflichkeit meiner Seele verdiente Glück so immens wie imminent ist.

Ich bin achtzehn Jahre alt, ich gehe auf die Uni, ich bin ein Ass.

Ich hätte mich vor meiner Schwärmerei für diesen Roman in Acht nehmen sollen. Heute lese ich ihn mit ganz neuem Blick noch einmal und erkenne, dass es sich dabei vor allem um die Geschichte einer Niederlage, um den Bankrott eines Lebens handelt: eine schale Abfolge von Fehlschlägen und Sackgassen.

Macht mich etwa das Umfeld Gefängnis so klarsichtig?

Mein Leben fing schlecht an, weil es ohne Leidenschaft anfing.

Für nichts begabt und zu allem taugend, hatte ich mich auf den Ratschlag meines Vaters hin nach dem Abi an jener Fakultät eingeschrieben, die viel eher eine Fakultät der Rechten war als eine der Rechte.

»Wirst sehen, es gibt nichts Besseres, als mit Faschos Umgang zu haben, damit man vergisst, woher dein Vater kommt.«

Ein Sachverhalt, den vergessen zu machen ihm selbst nie gelungen war, dem Armen, auch nicht nach dreißig Jahren im *Cercle interallié,* wo er, umgeben von lauter ihn im Grunde verachtenden Bourgeois, die Werte des wahren Frankreich nachgeäfft hatte.

Ist ja nicht so, dass man sie nicht mag, die Juden, aber … So ging das Lied.

Und dann kam der erste Vorlesungstag.

Ich war damals noch zu jung, um es genau in Worte zu fassen, ich kann aber dennoch sagen, dass ich bereits so was wie einen Bluff, ein böses Omen gewittert habe.

Ein dicker Doktorand, pausbäckig und unverkennbar

Altes Frankreich, der auf den Namen Jean-Marie Guillemet hörte, rief uns einzeln auf. »Brunois. Ah … Besteht da eine Verbindung zum Herrn Präsidenten der Pariser Anwaltskammer Brunois? Aha, das ist Ihr Großvater! Ah! … Rippert … Dekan Rippert ist Ihr Onkel! Ah! …«

Und so weiter.

Verflixter Guillemet! Ich sehe ihn vor mir, als wäre es erst gestern gewesen, wie er die Namen von Senatoren, von Räten am Kassationsgerichtshof, von Parlamentariern aufzählt. Ein Verhungernder vor einer Konditorei, hätte man meinen können … Blätterteigteilchen mit Schlagsahne, Saint-Honoré-Windbeutel, Paris-Brest-Mandelcremetorte … Er konnte nicht genug davon kriegen, dieser Guillemet …

Das Ganze verströmte den Wohlgeruch nach Quadersteinfassade in der Avenue Duquesne, Jagdpartien in der Sologne, Ferien im Regen für die Balzac-Lektüre, Bridge und Jesuiten.

An jenem Tag habe ich begriffen, weshalb mein Vater nicht dazugehörte.

Der wahre Bourgeois fährt nicht an die Côte d'Azur in die Sonne. Er lebt in Paris unter Stuckdecken und hat eine Familiengruft in der regnerischen Provinz. Er gehört der herrschenden Klasse seit mindestens fünf Generationen an und bemerkt meine schiere Existenz bloß wegen seiner liberalen Anschauungen.

Auf keinen Fall heißt er Christophe Leibowitz.

An jenem ersten Vorlesungstag hat Guillemet nicht einmal meinen Namen ausgesprochen.

Ich glaube, dies geschah schlichtweg aus Humanismus,

denn er hat mir das ganze Jahr über sehr gute Zensuren gegeben.

Und dann habe ich mein Studium der Rechte absolviert, wie Flaubert sagte, und bin Anwalt geworden, doch das ob der Vortrefflichkeit meiner Seele verdiente Glück rückte Schritt um Schritt in die Ferne, bis es schließlich unerreichbar wurde. Nach wie vor hatte ich weder Kohle noch Schlitten noch Puppe, doch vor allem hatte ich die Hoffnung verloren. Mein Studium hatte mir ein Stigma bewusst gemacht, das ich bis dahin nie bemerkt hatte: das Mal des emporgekommenen Kleinbürgers, das vom ersten Tag meines Lebens an da gewesen war, gut sichtbar auf meiner Stirn.

Als Ausbilder für mein Referendariat habe ich einen Typen gewählt, der genau meiner Ernüchterung entsprach: einen jüdischen Strafverteidiger, den Buckel voller Schulden, einen Lügner, Schürzenjäger, polymorph pervers veranlagt, aber mit einem Herz aus Gold.

Ich bewunderte ihn grenzenlos.

Er erinnerte einen an die Karikaturen aus den Vorkriegszeitungen wie *Candide* oder *Gringoire:* Der Jude belügt Sie, der Jude beraubt Sie; bringen wir den Juden um!

Klein, mit Hakennase und großen Glupschaugen glich er Yoda aus *Krieg der Sterne:* Seine Kleidung war nie ganz sauber, und wenn er mit Leuten sprach, fasste er sie immer an.

Ich glaube, er hatte Mitleid mit mir.

Dank meiner Mutter mit ihrem grundfranzösischen Mädchennamen hieß ich zu alledem Christophe Leibowitz-Berthier.

Tatsächlich war ich nicht mal Jude. Ich war ganz einfach

nichts. Oder besser gesagt doch: eine Art groteske Nachkriegsmutation.

Ich glaube, das war auch der Grund, weshalb er mich eingestellt hat. Weil er in seinem ganzen Leben selten so gelacht hat. Weil allein die Tatsache, dass in dieser Welt – nachdem man sich nach Kräften bemüht hatte, die Behinderten, Juden, Schwulen und Zigeuner auszurotten – ein Christophe Leibowitz-Berthier geboren wurde, in seinen Augen bewies, dass es dem Leben immer wieder gelang, sich Bahn zu brechen.

Statt mich die Juristerei zu lehren, auf die er sich lediglich auf intuitive Art und Weise verstand, hat er mir beigebracht, wer ich war, oder vielmehr, wer ich nicht war: »Du verplemperst deine Zeit damit, diesen französischen Großbürgern zuzuhören, die ihre Plädoyers im Konjunktiv halten und ihre Siegelringe mit denen der Kammerpräsidenten vergleichen; ausgerechnet die sollte sich ein Christophe Leibowitz-Berthier nicht zum Vorbild nehmen. Wenn du jede Menge Geld verdienen willst, musst du ein dicker, bösartiger Kanake sein und deine Plädoyers halten wie ein bissiger Hund, der vor Hunger krepiert und nach allem schnappt. Du wirst sehen, das kommt mit der Zeit ganz von selbst. Allein dadurch, dass du ärmer als die Ganoven bist. Dass du wie ein armer Schlucker lebst, während man dir gesellschaftliche Hochstapelei vorwirft. Der Luxus, als Rechtsanwalt zu Reichtum zu gelangen und gleichzeitig ein Klassetyp zu bleiben, steht dir nicht zu, es sei denn natürlich, du würdest die überaus hässliche Tochter eines Präsidenten der Anwaltskammer heiraten«, sprach Yoda.

Und er endete stets folgendermaßen: »Auch ich bin ein

knurrender Kanake, weil ich aber nicht bösartig bin, na ja, hab ich eben drei Millionen Schulden, allerdings pfeif ich drauf, weil ich meine Klientinnen vögle und die allesamt sehr hübsch sind.«

Und fügte noch hinzu: »Und außerdem kann nicht jeder von sich behaupten, drei Millionen Schulden zu haben!«

All das stimmte wirklich!

Da konnte er noch so klein sein mit seinen Glupschaugen, tatsächlich vögelte er seine gesamten Mandantinnen, aber auch seine juristischen Mitarbeiterinnen, seine Sekretärinnen, die Telefonistinnen, die Gerichtsschreiberinnen … und wäre dies nicht als eine widernatürliche Kopulation betrachtet worden, hätte er sogar die eine oder andere Untersuchungsrichterin haben können. Er bumste auch die Inspektorinnen des Finanzamtes oder die von der Einzugstelle für Sozialversicherungs- und Familienkassenbeiträge, die seine Wege kreuzten. Genau hierin musste man wohl seinen beruflichen Jungbrunnen suchen, den Grund dafür, dass er davonkam und nicht wegen seiner Schulden aus dem Anwaltsregister gelöscht wurde. All diese Frauen, wie viele es auch sein mochten, waren ihm irgendwie verpflichtet und trugen, eine jede auf ihrem Gebiet, dazu bei, ihn vor dem persönlichen Bankrott zu retten.

Er ist an einem 16. Februar an einem Schlaganfall verstorben, auf die gleiche Weise wie Staatspräsident Félix Faure: in den Armen einer Nutte. Wenn das kein Schicksal ist! Zumal für einen Juden, wenn man weiß, dass ausgerechnet Félix Faure sich der Revision des Dreyfus-Prozesses widersetzt hatte.

Daraufhin habe ich mich selbstständig gemacht und seine Klientel von in Tränen aufgelösten Frauen, Stricherinnen und Luden übernommen. Da ich mich nicht darauf verstand, haben mich die Frauen alsbald abserviert. Die Strichbienen und die Luden sind nach und nach regelrecht verbürgerlicht oder an Aids gestorben. Und dann habe ich mich den Zeiten angepasst; ich war einer der Ersten, die in Russe, Lette und Albaner machten. Mancher würde jetzt sogar sagen, dass ich mit denen sogar lebe. Ist schon eigenartig, wenn man darüber nachdenkt, diese ganzen Ähnlichkeiten: Genau wie bei Frédéric Moreau hat sich mein ganzes Leben um Nutten gedreht, und zwar in Ermangelung von Besserem.

2

Meine Karriere war ordentlich in Fahrt gekommen und ließ in nichts meine derzeitige Situation vorausahnen: ein Leben zu zweit mit einem Typ von hundertdreißig Kilo, der über meinem Ohr schnarcht, in einer Bude von neun Quadratmetern mit Gittern, voller Südlage und Promenadenblick – in Fresnes.

Damals lebte ich in einem bezaubernden Zwei-Zimmer-Appartement mit Sichtbalken zu zehntausend Euro der Quadratmeter, das zum Musée Picasso hin lag und mein Erbe vollständig verschlungen hatte.

Ich hatte weder Frau noch Bälger, also weder Sorgen noch Kochtöpfe.

Beruflich bei einem Kollegen untergebracht, hatte ich kein Büro, keine Miete, keine Sekretärin, also keine Belastungen.

Was ich einnahm, diente ausschließlich dazu, meinen persönlichen Komfort zu finanzieren, den ich schön gemütlich haben wollte.

Ich arbeitete immer mit Mobiltelefon. Ich war rund um die Uhr erreichbar und traf meine Mandanten in Bars und Cafés, wenn sie noch nicht verhaftet waren; im Justizpalast oder im Knast, wenn sies waren.

Um die Alltagskost aufzubessern und mit den Realitäten des Berufs auf Tuchfühlung zu bleiben, arbeitete ich auch als Pflichtverteidiger.

Vor zwei Jahren noch bestand meine Kundschaft aus einem nicht abreißenden Strom von Luden. Die reichten sich untereinander meine Visitenkarte weiter, wenn sie sich hatten schnappen lassen, und was den Mehrwert angeht, so sicherten mir gefällige Übereinkommen mit Dolmetschern sogenannter Nicht-Uno-Sprachen ein beständiges Betriebskapital.

Wurde irgendein Lette oder Usbeke verhaftet, so benachrichtigte dessen Botschaft den entsprechenden Dolmetscher, damit der bei der vorläufigen Festnahme übersetzte. Um zwei Fliegen mit einer Klappe zu schlagen, empfahl der Übersetzer seinem Landsmann gleich einen sehr guten Anwalt. Ich wiederum trat diesem gutherzigen und kooperativen Mann zwanzig Prozent sämtlicher Beträge ab, die ich im Laufe des Verfahrens einstrich.

Je grausamer der Zuhälter, desto höher fiel das Strafmaß aus, doch desto zahlreicher zur Stelle und fügsamer waren auch die fleißigen Strichbienen, wenn die Begleichung meiner Honorare anstand.

Nach jeder Festnahme erhielt ich unausweichlich einen Anruf aus Deutschland: Eine Frau fragte mich auf Englisch, wie viel ich denn verlange für die Verteidigung von Rodovan, Milan, Ruslan … Und ich machte mich prompt auf den Weg, um die Knete eine halbe Stunde später in einer Western-Union-Agentur, gegenüber der Notre-Dame, zwischen zwei Touristen bar zu kassieren.

Es war leicht verdientes Geld, vor allem, weil diese Kerle nie Scherereien machten. Eingedenk der Lebensverhältnisse in ihren Ländern betrachteten sie die Haft mehr oder weniger als Zwangsurlaub.

Und außerdem erforderten die Akten derartiger Fälle keinerlei Anstrengung. Hatte man eine gelesen, so hatte man alle gelesen.

Die von Dragan Dostom, dem rotgesichtigen Koloss mit dem kahl rasierten Schädel und den knallblauen Augen, den ich mit meiner Lesung in den Schlaf gewiegt habe, ist topisch.

Dritter Sohn eines Ziegenhirten, hatte er dem Landleben als Vierzehnjähriger den Rücken gekehrt und war seinen Brüdern gefolgt.

Die Dostom-Brüder hatten zunächst sozusagen im Familienverband in einem Hüttenwerk gearbeitet, doch nachdem sie sich ein paar Jahre lang vor den Hochöfen bei lebendigem Leibe hatten grillen lassen, reichte es ihnen und sie versuchten ihr Glück in Tirana.

Die Stadt und der neue Umgang, zu dem sie dort fanden, erweiterte ihren Horizont und machte ihnen bewusst, dass sie lediglich ein Steinwurf vom gut betuchten Europa trennte.

Weil sie hübsche Burschen waren, lernten sie bald Mädchen kennen, die sogar bereit waren, sie zu heiraten, obwohl sie keinen Heller besaßen.

Dragan jedoch hatte das wirklich große Los in der Person der schönen Ilona gezogen, eines intelligenten und ehrgeizigen Miststücks.

Ilona kam nicht von der Straße wie ihre Schwägerinnen. Sie hatte studiert, um Französischpaukerin zu werden, die Uni jedoch abgebrochen, als ihr Vater verunglückte. Um für den Unterhalt der Familie zu sorgen – schließlich war sie die Älteste –, begann sie in einer Bar in Tirana zu malochen, wo sie auch schon mal eine Nummer schieben konnte, damit Butter an den Fisch kam.

Und dort lernte sie auch den dicken Dostom kennen, den sie dann heiratete, obwohl er sechs Jahre jünger war als sie.

Ihr Plan war, in den Westen zu gehen, wo der Strich, so ging die Rede in Albanien, ein lukratives Unternehmen sei, vor allem, wenn man im trauten Familienkreis arbeitete, ohne Luden, mit einem starken Mann als Beschützer.

Dragan und Ilona machten sich also nach Deutschland auf, wohin zwischenzeitlich Dostoms beiden anderen Brüder ausgewandert waren, dann nach Italien und schließlich nach Frankreich.

Von der Verlockung des Geldes getrieben, hatte Ilona ihre Schwestern nachkommen lassen, dann ihre Freundinnen, die Freundinnen ihrer Schwestern, die Freundinnen von Dostoms Brüdern in Italien und Deutschland, die Schwestern der Freundinnen, die Freundinnen der Schwestern, die Brüder und die Vettern der Freundinnen und Schwestern.

Kurzum, dies alles hatte dazu beigetragen, ein regelrechtes internationales Prostitutionsnetz aufzubauen, dessen Mitglieder in den drei Monaten, die ihre Visa ihnen zugestanden, aufs Harmonischste im Schengen-Raum zirkulierten.

Da wurde munter ohne Unterlass angeschafft, in der Kälte wie im Regen, an den *Portes* des Pariser Périphérique und an den äußeren Boulevards. Das Ganze war himmelweit entfernt von der guten alten gemütlichen Prostitution und dem kleinen lauschigen Möblierten in der Rue Pigalle.

Weil aber nun mal nicht alle Ethnien, so wie die Asiaten, den angeborenen Sinn für die Arbeit im Familienverband besitzen, haute sich dies nette Völkchen schon bald gegenseitig aufs Maul.

Und weil Ilona schließlich fand, dass die Kohle nicht schnell genug reinkam, fing sie an, die Maschinerie buchstäblich mit dem Knüppel anzutreiben, wofür sie den dicken Dostom einsetzte, der fürs kräftige Zulangen berüchtigt war. Sie brachte ihn dazu, die unrentablen Mädchen abzustoßen, indem er sie an seine Brüder verkaufte oder sie, im Zweierpack zum Preis für eine, den kosovarischen Luden anbot.

Dieses Ballett spielte sich vor dem geduldigen Auge der in ihren Verstecken lauernden Gendarmen ab, die das Kommen und Gehen des munteren Völkchens auf ihrem jeweiligen Asphaltabschnitt observierten.

Als das Dossier fünfhundert Seiten dick war und ebenso viele Namen wie ein Roman von García Márquez enthielt, holten sie die Netze ein. Die Stricherinnen wurden nach ein paar Tagen administrativ bedingten Gewahrsams im obersten Stock des Ibis am Flughafen Roissy in ihre Heimatländer zurückgeschickt. Was aber die Familie Dostom *stricto sensu* betraf, so blieb sie in der Reuse.

Und wiederum hatte Dragan das ganz große Los gezogen, weil seine Frau ja fließend Französisch sprach; folglich packte dieses Biest vor dem Untersuchungsrichter so richtig aus, in aller Ausführlichkeit und in einer Tour, und bezichtigte dabei den Ehemann sämtlicher Übel dieser Welt.

Der gute Dostom konnte durch Vermittlung seines Dolmetschers noch so lange erklären, warum in Wahrheit er das

Opfer seiner Frau in dieser ganzen Geschichte war – niemand hörte ihm zu.

Da seine Brüder in Italien eingelocht worden waren, fand sich Dostom nun ganz allein auf französischem Staatsgebiet wieder, ohne Geld, ohne Anwalt, ohne irgendwas und vor allem ohne Ilona, die sich, nachdem sie eine beträchtliche Menge Kohle in Sicherheit gebracht hatte, in die Arme des schändlichen Abbé Coignard begab und dort das Opfer spielte.

Ah, die Wortgefechte mit Coignard!

Er war die treibende und außerdem einzige Kraft des *Komitees für den Kampf wider die Zuhälterei,* einer Vereinigung zur Wiederherstellung der sittlichen Ordnung, die mit der extremen Rechten flirtete.

Seine Beteiligung an Gerichtsverhandlungen hatte etwas geradezu Abstoßendes.

Wenn das Komitee bei entsprechender Aktenlage als Nebenkläger auftrat, ließ es sich nie durch einen Anwalt vertreten. So konnte Abbé Coignard dann höchstselbst vor den Richtern seine eklige Pampe aus christlicher Moral auskotzen, die er für den Anlass mit republikanischer Sauce und ein wenig schmuddeligem Sex verrührt servierte.

Weil ich häufig den Luden Rechtsbeistand leistete, kannte er mich gut.

Wir beschimpften uns regelmäßig unter den amüsierten Blicken der Kammerpräsidenten, und zwar weit über die deontologischen Grenzen hinaus.

Er war hässlich wie ein Arsch.

Geschützt durch seinen Status als Prälat und seine Mission von – oh! wahrhaft – allumfassender Nächstenliebe, beherbergte er die Mädchen, die mit ihrer Vergangenheit gebrochen hatten, auf seinem großen Anwesen, welches seine Glanzzeiten mit Paul Touvier erlebt hatte; was aber jedermann längst vergessen hatte.

Allein schon wenn ich sah, wie er seine Schützlinge am Ende der Sitzung jeweils auf die Stirn küsste und wie er ihnen den Arm um die Schultern legte, hatte ich ihn in Verdacht, dass er sich ganz privat Opi nennen ließ und sich an seiner alten Nudel rumzupfte, wenn er sie im Schlaf beobachtete.

»Sie sind schlimmer als die! Die Zuhälter, das sind nämlich Ihre fleißigen Pferdchen!«, hatte er mir irgendwann mal, während einer ganz besonders handfesten Verhandlung, ins Gesicht geschleudert.

Hopplahopp, Leibowitz, Liebling dieser Damen, der König des Asphalts.

Wenn ich mich heute mit Dragan Dostom wiederfinde, dann nur deshalb, weil der Direktor der Haftanstalt wusste, dass ich auf diese bestimmte Klientel spezialisiert war.

Uns beide zusammen in eine Zelle zu stecken, was für ein Spaß!

Und weil Dostom nun mal von allen hängen gelassen worden war und weil das Leben uns auf so seltsame Weise nähergebracht hat, helfe ich ihm also mit erstaunlicher Selbstlosigkeit. Ich glaube, ich habe noch nie eine derartige Fürsorge gegenüber einer Frau entwickelt.

Ich hege und pflege ihn nämlich, meinen dicken Luden.

Er mag meine Fertiggerichte ganz gerne: zwischen vier

und fünf Euro die Mahlzeit, weil das Gefängnis sie von einem Lieferanten von draußen kommen lässt. Immerhin ein Euro fünfzig teurer als beim Araber in meinem Quartier. Die schlagen wirklich kräftig drauf.

Wir teilen uns auch denselben Anwalt, denn ich bezahle meinen Freund Bertrand, damit er ihn verteidigt, obwohl ich leider bezweifle, dass dies irgendeine Auswirkung auf seine strafrechtliche Zukunft haben wird, weil er, welche Taten auch immer man ihm anlasten wird, ganz sicher zwischen fünf und acht Jahren kassiert. Unter uns Strafrechtlern nennen wir das ein Albanerstrafmaß.

3

So führte ich denn mein Leben *recht und schlecht.*

Ein Durchschnittsglück für ein Durchschnittsgemüt?

Nichts brachte mich mehr in Wallung.

Was die Nutten anging, so hatte ich mir klare Grenzen gesetzt. Weil ich ausschließlich Luden verteidigte, musste ich die Finger von ihnen lassen, andernfalls würde ich nämlich sehr rasch mordsmäßige Scherereien mit den Bullen bekommen.

Und was die Damen betraf, da war ich allmählich so weit, sie zu verabscheuen, denn ihr völliger Mangel an Rätselhaftigkeit und Scham, ihre verbraucherorientierte Herangehensweise an die Liebe hatten mir sogar die Lust am Bumsen verdorben.

Man muss dazu sagen, dass mein Marktwert, während ich auf die vierzig zuging, seinen Zenit erreichte. Alleinstehender Mann, recht ansehnlicher Bursche, kultiviert, Geschmack und Kohle vorhanden, ohne Unterhaltsverpflichtungen, mit gesellschaftlich aufwertendem Beruf: Die ledigen oder geschiedenen Frauen, denen ich begegnete, konnten ihr Glück nicht fassen.

Da konnte ich noch so lange in meiner Altersgruppe nach denjenigen Ausschau halten, die nichts von mir wollten; alle warfen mir, was immer ich auch tat, ihren Uterus ins Gesicht.

Wenn ich besoffen und in Form war, erwiderte ich ihre Avancen. Mein bevorzugtes Ziel war die Sorte Karrierefrau in den Medien: vierzig Jahre Egoismus und eine sehr hohe Meinung von sich selbst. Sie luden mich zum Abendessen ein; ich zog meine Show ab und versetzte ihren Freunden, einer Korona aus Schwulen und Mädchen auf Anxiolytika, einen wohldosierten Schock. Wenn die Tafelrunde das große, im *Marie-Claire*-Deko-Stil eingerichtete Appartement verlassen hatte, besprang ich die Gastgeberin, wobei ich so ziemlich jeden Unsinn mit ihr anstellte.

Den Ausdruck »die letzten Schändlichkeiten antun« mag ich ganz besonders. Der emotionale Notstand dieser Frauen mit Eiern ist dermaßen groß, dass sie sie allesamt hinnahmen, von der Ersten bis zur Letzten, zwischen Lachen und Heulen. Ich denke, auf diesem Gebiet bin ich viel weiter gegangen als der dicke Dostom.

Zwar blieb mir noch mein Berufsleben zu meiner Belustigung, doch auch da wollte es nicht klappen.

Diese Erkenntnis hatte ich, daran erinnere ich mich noch ganz genau, an einem 1. Mai vor anderthalb Jahren voll in die Schnauze bekommen.

Wie bei dem Helden des Romans *Der Ekel*, den die Erkenntnis jäh überkam, während er die Wurzel eines Kastanienbaums beäugte, stürzte die Last der Absurdität und des Grotesken der Welt im Allgemeinen und meines Berufs im Besonderen mit einem Schlag an jenem gewissen Tag auf mich ein, an dem ich Bereitschaft bei den beschleunigten Verfahren hatte. Warum nur habe ich meine Robe damals nicht sofort an den Nagel gehängt?

Als ich aus der Metro trat, betrachtete ich wie jedes Jahr mit griesgrämiger Miene die Kübel voller Maiglöckchen, die an allen vier Ecken des Platzes um den Châtelet-Brunnen verkauft wurden, und sagte mir, dass ich mir nach Feierabend vielleicht ein Sträußchen kaufen würde.

Ich hatte da so ein kleines Problem mit Maiglöckchen; sie verursachten bei mir Herzstechen.

Mein Vater hatte welche in unserem Garten gepflanzt, weil sie aber erst so um den 15. blühten, sehe ich noch immer diese embryonal unreifen und grünen Glöckchen an den Stängeln vor mir, die er am einzigen Tag des Jahres, an dem er nicht arbeitete, in die Kaffeetasse meiner Mutter steckte. An jedem 1. Mai derselbe Scherz, der sie jedes Mal wieder zum Lachen brachte.

Demut, Glück, Nostalgie.

Einsamkeit, Bitterkeit, Unzufriedenheit, völliges Scheitern.

Irgendjemand hatte mir mal gesagt, je mehr Glöckchen dran wären, desto teurer wären sie. Heutzutage sind Maiglöckchen genetisch manipuliert und ähneln eben kaum noch Maiglöckchen, so viele Glöckchen sind dran. Sie werden von Zigeunern und Pakistanis verkauft, nicht mal mehr von Proleten: Der Kommunismus ist tot.

Über die Pont aux Changes und dann in den Palais de Justice, durch das Hauptgittertor.

Eine einzige Tür ist sonn- und feiertags im Justizpalast geöffnet, und zwar diejenige, die Zutritt zur 8. Abteilung der Staatsanwaltschaft gewährt, dem Tempel der Schnellverfahren.

Mechanisch trat ich ein. Inständiges Bitten eines überlasteten Amtsbruders, ihm unter die Arme zu greifen; er hat siebenundvierzig Fälle und ist ganz allein. Die Männer-

und Frauenkäfige sind zum Bersten voll. Es war, wie ich mich erinnere, die erste Woche, in der die Polizei dazu übergegangen war, die Nutten einzulochen – das Ende der Welt: *Verbot, öffentlich der Anwerbung Dritter in der Absicht nachzugehen, diese zu sexuellen Handlungen gegen Entgelt zu animieren.*

Was wird aus mir werden, wenn es keine Huren mehr gibt?, hatte ich mich an jenem Tag gefragt.

Einer von der Bereitschaftspolizei empfing mich mit spöttischer Miene: »Sprechen Sie Englisch? Die da müsste man nämlich mal beruhigen. Die brüllen schon seit Stunden rum.«

»Was sind das für welche?«

»Weissnich. Nigeria, glaub ich.«

Eine dicke Afrikanerin im Minirock wand sich schreiend am Boden und hielt sich dabei den Bauch, beobachtet von drei im Käfig nebenan eingesperrten Arabern, die sie mit hasserfüllter Verbitterung anstarrten.

»Maître, sagen Sie ihr, sie soll 's Maul halten, wir halten das hier nicht mehr aus. Sie muss endlich Ruhe geben.«

Afrikanerinnen gehen mir auf die Nerven: Sie plärren ständig, obendrein machen mich ihre Zuhälter ganz irre, und die zahlen auch noch sehr schlecht.

Ich schritt ein und fragte ihre drei Freundinnen, die eng aneinandergedrückt auf der Bank saßen, warum die vierte sich auf dem Boden wälze. Die Mädchen, höchstens zwanzig, erklärten mir mit tränenüberstömtem Gesicht, sie hätten Angst, weil sie ins Gefängnis gehen müssten. Ich beruhigte sie: Man gehe nicht ins Gefängnis, wenn man Lust verschaffe.

Der Staatsanwalt würde sie lediglich zurück in ihr schönes, unter der Scharia stehendes Land schicken, damit sie dort halb verscharrt von ihren Landsleuten gesteinigt wurden.

»Nehmen Sie sich ein Beispiel an ihr und hören Sie auf zu schreien«, sagte ich auf Englisch und zeigte dabei auf eine Nutte aus dem Osten, die würdevoll, den Kopf gegen die Wand gelehnt, am anderen Ende ihrer Bank saß.

Diese lächelte mir schwach zu, ganz liebreizende Professionelle, die sie war. Sie war schön, so um die fünfundzwanzig und sah aus, als wäre ihr wirklich nichts Menschliches mehr fremd. Damals hatte ich so bei mir gedacht, dass ich vielleicht einen ihrer Luden verteidigte: Ich hatte nämlich gerade einen Letten und drei Russen in Haft.

Es gelang mir einfach nicht mehr, mich zu erinnern, welcher von denen zwei seiner Pferdchen mit einem Schraubenzieher abgestochen hatte.

Drei kleine Zigeunerinnen wurden nach ihrer Unterredung mit dem Staatsanwalt wieder zurück in den Käfig geführt. Die dicke Schwarze kam aus was weiß ich welchem Grund auf die unselige Idee, eine von ihnen am Fuß zu packen, womit sie augenblicklich wildes Gespucke und Beschimpfungen auf Rumänisch auslöste. Bevor die Szene zum Faustkampf ausartete, öffnete der Bereitschaftspolizist den Käfig und schleifte die dicke Afrikanerin eilig heraus. Dann versuchte er ungeschickt, sie auf ihre Keilabsätze zu stellen, doch sie wog zwei Tonnen und ließ sich in einem Gewirr aus gewaltigen schwarzen Schenkeln einfach auf den schmutzigen Fliesenboden fallen.

»Meine Fresse, kommen Sie her und helfen Sie mir.«

Alle lachten sich schief, bis auf die Nutte aus dem Osten, die Lichtjahre weit weg war. In einer kurzen Pause zwischen dem ganzen Quieken und Quäken gelang es mir herauszubekommen, dass die Schwarze ihre Tage und Bauchschmerzen hatte.

»Da muss man schon Hunger haben, um sich so was zu genehmigen«, meinte ein Gendarm munter.

Zu dritt schafften es die Polizisten schließlich, sie auf die mittlere Bank zu setzen.

»Das wird ja heiter!«, sagte ich zu dem Bereitschaftsanwalt, der noch immer niemanden gefunden hatte, um ihn zu unterstützen.

Und ohnehin war längst nicht gesagt, ob und wann er überhaupt irgendjemanden fände, schließlich malochten wir an Feiertagen zwei Tage zum Preis von einem. Wir bekamen die Beschuldigten zwar zu sehen, konnten sie aber erst anderntags vor Gericht vertreten; das Ganze für dreihundert Euro plus sechzig als generöse Feiertagszulage. Auch da, meine ich, muss man Hunger haben.

»Morgen werden sie leichter zu verteidigen sein«, erwiderte ich, um ihm wieder Mut zu machen.

Er stimmte mir mit einem leidvollen Lächeln zu.

Weil die Justiz ihnen zu den achtundvierzig Stunden der vorläufigen Festnahme – auf einer siebzehn Zentimeter breiten Bank – noch zusätzlich die vierundzwanzig Stunden des Feiertags aufbrummte, waren die Beschuldigten, wenn sie in die Verhandlung kamen, weichgekocht und gaben weniger Blödsinn von sich. Im Grunde gaben sie gar nichts mehr von sich. Sie warteten schweigend darauf, zu erfahren, in welchen Knast sie wandern würden.

Mitfühlenden Blickes erklärte ich meinem Kollegen, dass ich da oben, bei den Vorverfahrenseröffnungen, Bereitschaft hätte, wünschte ihm noch viel Glück und verdrückte mich eiligst.

Ich stieg die Treppen im menschenleeren Palais hinauf, überquerte die Strafkammerebene bis zu den sogenannten Vorverfahrensgalerien.

An Sonn- und Feiertagen musste ich im Justizpalast immer an den Film *Die Klapperschlange* denken: New York, 1997, die Stadt ist zu einer gigantischen ummauerten Strafkolonie geworden, wo die Gefangenen in den heruntergekommenen Prachtgebäuden leben.

Mit einem Mal fand ich mich ganz allein in diesem weitläufigen Bau wieder und lauschte angestrengt, um irgendein Geräusch, ein Zeichen menschlicher Aktivität zu vernehmen und so den Bereitschaftsrichter aufzustöbern. Vom zweiten Stock her drang U2 an meine Ohren. Bonos Stimme folgend, ging ich die Vorverfahrensgalerien hoch. Und steckte schließlich den Kopf durch die nur angelehnte Tür eines Geschäftszimmers. »Guten Tag, ich bin der Bereitschaftsanwalt. Vorverfahrenseröffnung.«

Die Gerichtsschreiberin verringerte die Lautstärke ihres Computers, den sie mit der CD *The Million Dollar Hotel* gefüttert hatte.

Die Untersuchungsrichterin, braun gebrannt, Wildlederjacke und roter Kaschmirpulli, lächelte mir zu. Ich erinnere mich, dass ihre Anwesenheit diesem düsteren, von sirrenden Leuchtstoffröhren erhellten Universum beinahe eine fitzgeraldsche Note verlieh.

»Wir haben zwei Fälle, die uns die Staatsanwaltschaft

rüberschicken wird: Vergewaltigung einer Minderjährigen und Betrug mit Hehlerei. Bei dem Betrugsfall haben wir drei Täter. Ein Wahlverteidiger wurde bereits bestellt, es bestehen zwei Anträge zur Vorführung vor den Haftrichter. Zusammen mit Ihnen hat noch eine Kollegin Bereitschaft, nur ist die gerade Einkäufe erledigen. Ich denke nicht, dass wir spät Schluss machen werden.«

Ich setzte mich in den Gang und wartete ab. Ich dividierte die Gleichung auseinander.

Die Vergewaltigung würde ich nicht bekommen. Hierbei handelte es sich um eine Strafsache, ureigenes Revier der »Sekretäre der Konferenz«, jener Matadore des Eloquenzwettbewerbs der Anwaltskammer. Einer davon war mit Sicherheit bereits benachrichtigt worden und würde in seiner ganzen Hoffart hier antanzen, um als Erster dranzukommen.

Blieben also noch die drei vom andern Fall.

Bei zwei Beschuldigten hatte der Staatsanwalt beantragt, sie dem Haftrichter vorzuführen: Diese beiden hatten demnach gute Chancen, in den Bau zu wandern. Was den dritten betraf, so würde er von der Untersuchungsrichterin unter gerichtlicher Aufsicht auf freien Fuß gesetzt.

Falls bereits irgendein Amtsbruder bestellt worden war, dann zwangsläufig von einem der Betrüger, denen offenbar Gefängnis drohte, denn um einen Strafverteidiger an einem Feiertag aus dem Bett zu holen, musste man dem schon mindestens dreitausend Euro auf den Frühstückstisch blättern.

Blieb also ein potenziell einträglicher Fall, der vor den Haftrichter kam. Wirklich nur potenziell, denn: Sollte dieser Richter ausnahmsweise entscheiden, den Kerl unter gerichtlicher Aufsicht wieder laufen zu lassen, hätte ich einen Tag umsonst gearbeitet. Allein die Inhaftierung füttert den Rechtsanwalt durch. Kommt der Beschuldigte ohne Haft davon, geht der Anwalt wieder zurück auf »Los« und zieht keine dreihundert Euro ein. Es lief demzufolge meinen eigenen Interessen zuwider, in der Akte dieses armen Typs irgendwelche Nichtigkeiten aufzuspüren und zu versuchen, ihm die Freiheit zu erhalten. Es lief meinen Interessen zuwider, meine Arbeit zu tun. Die Wurzel des Kastanienbaums, das Groteske der Welt. Das Paradox des Pflichtverteidigers.

Schließlich riss mich die Ankunft des Vergewaltigers aus meinen existenziellen Abschweifungen; der Kinderschänder des Konferenzsekretärs wurde an einer Kette von einem jungen Bereitschaftspolizisten herangeschleppt, der ihm für den ganzen Tag zugeteilt war, vom Gefängnis zum Bus, vom Bus zur Verwahrzelle, von der Verwahrzelle zum Staatsanwalt, vom Staatsanwalt zum Untersuchungsrichterzimmer, vom Untersuchungsrichterzimmer zum Haftrichter und wieder zurück zum Feld Gefängnis.

Der Kerl schwitzte. Er hatte die typische Visage eines Perversen. An der Jacke, die er verschämt über seine Handschellen gelegt hatte, sah man, dass es sich um einen Kleinbürger handelte, für den diese Situation vollkommen neu war.

Als er auf der Bank saß, versuchte er seinen Zerberus, welcher noch wenig vertraut damit war, Kriminelle von Pontius zu Pilatus zu begleiten, davon zu überzeugen, dass er sich nur wegen eines Irrtums hier befinde.

Die Memoiren eines *Garde mobile* – genau die sollte einer von ihnen irgendwann mal schreiben: jeden Tag ein neuer Beschuldigter am Ende der Leine, jeden Tag eine neue Geschichte, jeden Tag ein weiterer Erguss an Unaufrichtigkeit.

Nickend und teilnahmsvoll hörte er diesem widerlichen Typ zu, der ihm erklärte, wie jene dreizehnjährige und doch schon so gut entwickelte Göre zu ihm gekommen sei und sich an ihm gerieben habe. Und dass eine so unschuldige und gleichzeitig doch so starke Begierde bisweilen bei gewissen jungen Mädchen existiere.

Der junge Mann pflichtete bei, während er sich vermutlich jene Klassenkameradin ins Gedächtnis zurückrief, in die er damals in seinem Kuhkaff in Nordfrankreich verliebt gewesen war. Er ließ sich von diesem kahlköpfigen und abstoßenden fünfzigjährigen Kerl einwickeln, dessen romantische Anflüge von den acht Jahren, die ihm im Bau bevorstanden, inspiriert wurden.

Der Konferenzsekretär traf nun ebenfalls ein. Er ging an mir vorbei, als existierte ich nicht. Da ich ihn zu grüßen wagte, sah er mich wie einen Kothaufen an, was ich zweifelsohne auch war – ein *Lumpenadvokat,* wahrhaftig imstande, den ganzen Tag auf einem Stuhl auszuharren, ohne sicher zu sein, ob er dafür überhaupt einen roten Heller bekam.

Er war schwer angenervt, wie die Jugend heute sagt, denn sosehr er auch ein Eloquenzchampion sein mochte, er konnte es dennoch nicht leiden, an einem 1. Mai behelligt zu werden.

Er erklärte dem Perversen, dass dieser wegen Pädophilie strafrechtlich verfolgt werde und sich bedeckt halten solle.

Der Kerl schwafelte was von großer Liebe: »Sie verstehen das nicht!«, meinte er, den Kopf hin und her wiegend.

Der Sekretär stieß einen tiefen Seufzer aus.

In seiner Miene konnte man so etwas lesen wie: Schon wieder ein versauter Feiertag, versaut durch einen Blödmann, der nichts kapieren will und den ich mir nicht mal vor dem Schwurgericht werde genehmigen dürfen, sondern vor der 15. Strafkammer, mit einem Publikum aus nordafrikanischen Makaken und Rentnern als einzige Bewunderer. Ich, das reinrassige Tier, das sämtliche Prüfungen und Auswahlverfahren bestanden hat. Die ganzen französischen Traditionen für so was. Perlen vor die Säue.

Ich wartete noch immer und sagte mir ständig, wie ein Mantra, dass ich diesen absurden Beruf aufgeben musste, in dem ich einen Kerl verteidigen sollte und gleichzeitig von ganzem Herzen wünschte, er möge ins Loch wandern, nur damit ich die dreihundert Euro kassieren konnte – plus sechzig als »Feiertagssonderzulage« –, die ich seit den Morgenstunden wie eine Möhre fixierte.

Mein Leben musste sich ändern, so viel war sicher.

Dann kam die andere Kollegin von den Einkäufen zurück. Die Rechtsanwältin, der ich einen der drei Beschuldigten überlassen hatte, würde den mit gerichtlicher Aufsicht abkriegen: die Akte ohne Kittchen, die null Komma nichts und einen Tag für die Katz wert war.

Eine junge blonde Schlampe mit dickem Arsch und Sonia-Rykiel-Tasche, aus der eine Mineralwasserflasche herauslugte. Schlank sein, bevor der Sommer kommt: Hilf dir selbst, so hilft dir Contrex, arme Sau!

Ich begrüßte sie mit einem breiten Lächeln, denn ihre

Mineralwasserflasche enthob mich jeglicher Gewissensbisse, ihr den einzigen einträglichen Fall des Nachmittags wegzuschnappen.

Und außerdem trinke ich für mein Teil Leitungswasser, weil das billiger ist.

Als ich den Justizpalast schließlich verließ, war der Place du Châtelet in Dämmerlicht getaucht.

Ich erinnere mich, dass ich mich noch vor den Szenenfotos der Tanzvorstellungen im Théâtre de la Ville aufgehalten habe. Ein riesiges Küken, das einen nackten Tänzer unter seinen mächtigen Krallen zermalmte. Eine dicke graue Maus, die eine nackte Frau auf einer Bahre sezierte, während drei weitere, ebenfalls nackte Frauen von einem gewaltigen grünen Plüschfrosch mit dem Taktstock dirigiert wurden.

Die Wurzel des Kastanienbaums, die Absurdität der Welt.

Warum nur habe ich nicht an dem Tag meine Robe an den Nagel gehängt?

Die Maiglöckchen waren inzwischen zum halben Preis zu haben, doch wem hätte ich welche schenken können, das habe ich mich schlicht gefragt.

4

Heute Morgen wache ich mit einem Ständer auf, einem phänomenalen Ständer.

Ich hatte einen unglaublichen Traum.

Ich befinde mich in einem riesigen Schwimmbad, unter Wasser. Ich treibe langsam dahin, von Blau umgeben. Um mich herum schwimmen nackte Frauen in Brustlage. Alte, junge, dicke, dünne, schwarze, weiße. Keine trägt einen Badeanzug. Bei jeder Beinbewegung öffnet sich vor mir alles, was das Universum an verschiedenartigen Muschis nur bieten kann. Das Ganze ist sehr aquatisch, erhaben.

Je länger ich träume, desto mehr verblassen die Frauen zugunsten der Muschis, während diese sich in so etwas wie eigenartige Tintenfische oder fleischige Seeanemonen verwandeln und sich ganz von alleine vorwärtsbewegen, durch ein Zusammenziehen der Vagina vorwärtsschießen, zeitweilig mit kleinen weißen Ausscheidungen, die das Blau des Wassers ein wenig trüben. Die kleinen Lippen beben leicht in der Strömung.

Es ist sehr schön. Wie in einer Gebärmutter.

Ich hole mir einen runter. Über mir lacht sich Dostom kaputt.

Ich erzähle ihm meinen Traum. Scheint ihm zu gefallen, denn er macht sich ebenfalls dran.

Albanische Muschis in der Adria.

Das Etagenbett vibriert.

Meins pendelt sich phasengleich ein.

Ich vollziehe einen metallischen Koitus mit dem dicken Dostom.

»Leibowitz! Anwaltssprechzimmer!«, brüllt ein Wärter.

Ich schlüpfe in meine Hose. Der Tag fängt gut an!

Im Hinausgehen begegne ich einer Kolonne von Häftlingen, die von der Dusche kommen und lautlos die Wand entlangschleichen.

Einer meiner ehemaligen Mandanten macht mir ein Zeichen. X alias Eno Korovik. Er hat seine Strafe bereits abgebüßt und wartet nur noch auf seine Auslieferung: Usbekistan oder vielmehr die usbekische Mafia verlangte nach ihm, weil er zwei zum Stall eines anderen gehörende Mädchen lebendig begraben hatte. Ich habe nie auch nur ein einziges Wort von dem verstanden, was er sagte. Um nicht an sein Heimatland ausgeliefert zu werden, behauptete er, er sei Albaner, woraufhin man ihm einen albanischen Dolmetscher aufgebrummt hat, mit dem zu reden er sich jedoch strikt weigerte. Ein Typ von absoluter Grausamkeit! Er war von ein paar Luden zum Zurichten ihrer Mädchen eingestellt worden und hat die dann so verdroschen, dass sie nach nur einer Woche Anzeige erstatteten, etwas, was diese Mädchen sonst nie taten. Frankreich hatte einen Auslieferungsantrag in Form eines handgeschriebenen, von pseudoamtlichen Siegeln vollgestempelten Wischs erhalten. Um dessen Rechtmäßigkeit zu beurteilen und abzuschätzen, ob die in seiner Heimat zu gewärtigende Strafe – ohne viel Federlesen in Beton eingegossen zu werden – menschenrechtskonform sei, hatten die Behörden ein übersetztes Exemplar des usbekischen Strafgesetzbuches angefordert.

Das war nun mehr als ein Jahr her. Weil die Justiz ihn aber auch nicht einfach freilassen konnte, da er nun mal zu allem fähig war, blieb er eben hier.

Zwei Mordskanonen verlassen eiligen Schrittes unsere Abteilung, um ihre Besuche fortzusetzen. Zwei juristische Mitarbeiterinnen irgendeines Strafrechtlers. Die würde ich noch im Umkreis von hundert Meilen wiedererkennen. Mit Bedacht ausgewählt, sind sie lediglich dazu da, den Knackis ihren Arsch zu zeigen, damit es diese nicht so fürchterlich grämt, zehntausend Euro lockergemacht zu haben, ohne dass sie den großen Boss auch nur ein einziges Mal zu Gesicht bekommen.

Ich sehe den Kopf des braven Bertrand im Sprechzimmer auftauchen. Da, er hat mich gesehen! Mit freundschaftlichem Wink bittet er mich hinein.

Gerade ein Ort wie der hier, dieses kleine Büro von zwei auf zwei Metern, das ich schon so oft mit meinen Häftlingen betreten habe, lässt mich die ganze Tragweite meiner Inhaftierung ermessen.

»Wie gehts?«

»Tja, nicht schlecht. Ich hab mir gerade zusammen mit meinem Mithäftling einen runtergeholt.«

»Das will ich mal lieber nicht gehört haben. Man könnte fast meinen, du findest Vergnügen daran, hier zu sein, oder täusche ich mich?«

»Nein, ist schon möglich. Niemand wird behaupten können, ich hätte nicht versucht, sämtliche Facetten dieses Berufs zu erkunden.«

»Wie Pasteur, der sich selbst mit Tollwut infiziert?«

»Ja, ganz genau so!«

Bertrand, mein Freund, mein einziger Freund, hebt den Blick gen Himmel. »Hast du meine Päckchen erhalten?«

»Ich hab die Aufseher in Verdacht, dass sie bei den Pralinen zulangen. Die oberste Lage hat gefehlt, da bin ich ganz sicher. Wie viele Lagen hatte die Schachtel, die du mir geschickt hast?«

»Wir geraten auf Abwege! Womit soll ich beginnen?«

»Na los, erzähl mir was von meiner Kundschaft. Obwohl es mir eigentlich schnurz ist. Ich werd so oder so aus dem Register gelöscht.«

Bertrand sieht mich schweigend an. Meine Behauptung scheint ihm nicht zu gefallen.

»Gut, dann lass uns loslegen! Wie ist Lounis' Schwurgerichtsverhandlung gelaufen?«

»Tja, wo du mich schon fragst, wir sind gerade noch um die erschwerenden Umstände herumgekommen. Du hättest niemals Berufung einlegen sollen. Achtzehn Jahre, das war doch bestens. Lounis ist der reinste Bergdepp. Ich habe versucht, ihn vor der Verhandlung zu präparieren, ihm seine Lektion einzutrichtern: Nachdem er das Mädchen ein bisschen malträtiert hatte, um an die PIN-Nummer ihrer Visakarte zu gelangen, wollte er auch noch den Geheimcode für ihre Eingangstür wissen, um rausgehen, Geld ziehen und wieder zurück zu seinem Kumpel Cherkaoui kommen zu können. Wie er aber wieder in die Wohnung kam, hatte Cherkaoui sie mit dem Küchenmesser erstochen, als sie versucht hatte zu fliehen. Und weil alles in Blut schwamm, haben die beiden Angst gekriegt und sind davongestürzt.

Nichts! Nichts blieb haften. Zehnmal hat er vor den Geschworenen eine andere Version erzählt. Ich war ehrlich niedergeschmettert!«

»Wer hat Cherkaoui verteidigt?«

»Virginie Fontaine.«

»Ist das nicht die ehemalige Mitarbeiterin von Courtray de Hurron? Eine Brünette, recht niedlich?«

»Ja, genau die! Sie hat sich selbstständig gemacht. Die Sache geht noch zurück auf einen alten Pflichtverteidigungsfall, aus der Zeit, als sie Sekretärin der Konferenz war. Sie hat dich dafür verflucht, dass du in Berufung gegangen bist.«

»Und ihr Plädoyer, wars schön?«

»Bemüht.«

»Wie denn?«

»Bemüht wie ›es ist doch wohl notorisch und allgemein anerkannt, dass die Wirtschafts- und reinen Wohnbereiche solcher alten Pariser Bauten hellhörig sind‹ bis hin zu ›man hört doch alles, was im Hause vor sich geht‹. Die Geschworenen haben zwar nicht mal die Hälfte von dem verstanden, was sie sagte, die Darbietung jedoch als angenehm empfunden.«

Bertrand war ebenfalls ein ehemaliger Konferenzsekretär. Im Übrigen hatte ich ihn ausgerechnet bei den Wahlen dieser *Star Academy* der Eloquenz kennengelernt. Seine Chancen, gekürt zu werden, waren umgekehrt proportional zu den meinigen gewesen. Er entstammte einer alten Familie von Professoren und hatte sich seine Sporen in dem ultrageschlossenen Zirkel des Kassationshofs verdient. Er besaß einen Doktor magna cum laude, mit einer Dissertation zum Kanonischen Recht über die Seligsprechungsprozesse. Er sprach fließend Latein. Ich mochte ihn, denn seine antiquierte Art grenzte an Dekadenz. Er war sehr schick und gesellschaftlich vollkommen unnütz. Er glich einem alt gewordenen schlaksigen Jugendlichen, ein bisschen wie der Rimbaud in Ernest Pignon-Ernests Schwarzweißporträt. Auf seine Garderobe verwendete er eine beinahe obsessive Sorgfalt und tätigte seine Einkäufe in den Secondhandläden der Rue de la Pompe. Zusammen mit seiner Frau und den fünf Sprösslingen lebte er vom Kindergeld in einer herrlichen Wohnung, die zum Sondereigentum der Stadt Paris gehörte und seine Familie schon seit Napoleon III. beherbergte. Er verdiente einen Hungerlohn und hatte bloß ein Jahr in seinem Leben richtig gearbeitet, nämlich just als er Konferenzsekretär und somit Pflichtverteidiger für Strafsachen war. Auch wenn die Institution mich wie ein Miasma mit dem Handrücken hinweggefegt hat, sind wir Freunde geblieben. Ohne Neid und mit ehrlicher Freude habe ich seine Kandidatur in der letzten Wettbewerbsrunde unterstützt: Zum ersten und zweifellos auch zum letzten Mal sollten sie einen echten Punk in ihren Reihen aufnehmen.

Selbstverständlich hatte ich mich für Bertrand entschieden, damit er meine Mandanten übernahm und meine Verteidigung gewährleistete.

»Sie hat sich mit eigener Kanzlei in der Avenue George V. niedergelassen. Ich glaube, sie macht in Wirtschaftsstrafrecht.«

»In schickem Strafrecht.«

»Na ja, nicht unbedingt die Sorte von Mandanten, wie du sie mir hinterlassen hast, die Sorte, die in meinem Wartezimmer die Brust gibt oder dealt.«

»Und dann?«

»Sie hat mir erzählt, sie würde sich einer Behandlung gegen Unfruchtbarkeit unterziehen.«

»Nein, die Schwurgerichtsverhandlung!«

»Ja! Die Lage war katastrophal. Lounis war vollkommen inkohärent. Und irgendwann dann, als der Vorsitzende ihn gerade zum Tathergang befragte und er sich immer tiefer in seine Lügengeschichten um die Geheimcodes der Kreditkarte und der Eingangstür verstrickte, hat er plötzlich die Geduld verloren, auf Cherkaoui gezeigt und gebrüllt: ›Wenn er Ihnen doch sagt, dass ichs nicht war, der das Mädchen umgebracht hat! Sie gehen mir langsam auf den Sack mit Ihren Fragen!‹«

»Nein! Damit hat er sich dreißig Jahre eingefangen! Wo das Ganze als Geschichte sowieso schon kaum glaubhaft war.«

»Was du nicht sagst! Cherkaoui vergöttert Lounis buchstäblich, der könnte ihn so ziemlich zu jeder Aussage bringen. Wenn er also alles auf seine Kappe nimmt, dann nur deshalb, weil Lounis das von ihm verlangt hat. Die kennen sich seit ewig und haben dasselbe Vorstrafenregister. Die haben ihre Schandtaten immer gemeinsam begangen. Ich für mein Teil glaube, dass sie versucht haben, das Mädchen zu zweit zu vergewaltigen, und es deshalb mit dem Küchenmesser bedrohten, nur hat sich das Mädchen das nicht gefallen lassen, und so haben sie es abgestochen. Anschließend haben sie die Taschen der Kleinen durchsucht und ihr die Visakarte geklaut. Raub war hier nie und nimmer das Motiv, aber ein Raub aus niederen Beweggründen läuft vor einem Schwurgericht besser ab als eine Vergewaltigung aus niederen Beweggründen.«

»Und dann?«

»Dann hatte ich einen verzweifelten, aber genialen Einfall. Die Nebenklage hatte den Vorsitzenden gebeten, der Gerichtsdiener solle die Fotos des Opfers im Saal herumgehen lassen. Es handelte sich um Urlaubsbilder, auf denen man dieses arme Ding sah, wie es mit seiner Mutter Tretboot fuhr oder mit einem deutschen Schäferhund spielte. Ich habe sie an mich genommen und sie lange betrachtet, sehr lange, bis mich jeder angeschaut hat …«

Bertrand nimmt Besuchserlaubnisscheine zur Hand, um mir die Szene pantomimisch nachzustellen. Er lässt die Spannung andauern, Know-how des Familienvaters, der seinen Kindern Monstergeschichten erzählt.

»Und dann?«

»Ich bin ganz langsam aufgestanden, ich habe meine Robe ausgezogen und sie auf den Boden geworfen. Ich bin ohne ein Wort aus dem Gerichtssaal gegangen. Ich hatte Virginie Fontaine vorgewarnt, nur wollte die nicht glauben, dass ich den Mumm dazu hätte.«

»Du bist verrückt.«

»Sie hat den Rechtsbeistand für beide Angeklagten übernommen und um Milde für Lounis gebeten, der ja nun mal keinen Rechtsanwalt mehr hatte, um ihn zu verteidigen … und wir haben die erschwerenden Umstände abgewendet. Es ist mir sogar gelungen, noch ein Jährchen herauszuschinden: Lounis hat siebzehn Jahre bekommen statt achtzehn. Nach dem Urteilsspruch habe ich noch beim Vorsitzenden reingeschaut: Er war völlig verblüfft. Er hat mich eine ganze Stunde lang beglückwünscht.«

»Mit so 'nem Dreh wirst du dir in Fleury 'ne Mordswerbung verschaffen.«

»Beschwörs nicht! Am Ende legen noch sämtliche Typen, die wegen nicht verteidigbarer Verbrechen abgeurteilt wurden, Berufung ein und verlangen von mir, den Robentrick zu wiederholen!«

»Und Dostom?«

»Mach dir keine Sorgen, um den kümmere ich mich.«

»Ich lege Wert darauf, dass er wie ein hohes Tier verteidigt wird! Denkst du an die Schmöker, um die ich dich gebeten hab? Zurzeit übersetze ich für ihn *Madame Bovary* ins Albanische. Ich bin mir nur nicht sicher, obs ihm gefällt.«

»Das ist ein sehr gutes Buch für einen Zuhälter! Das handelt doch nur von Nutten. Ansonsten ist alles in Butter. Ah, weißt du was? Diakaté und Kadiou sind wieder wegen Koks eingelocht worden. Diakaté, weil er genau vor dem Queen, ausgerechnet neben einer Bullenkiste, zwei Kunden in seinem Auto die Ware probieren ließ: Die haben zwei Kilo im Kofferraum gefunden.«

»Wundert mich aber. Diakaté ist doch ein Profi.«

»Na ja, momentan langt er selbst kräftig zu. Ich habe ihm bei seiner richterlichen Erstvernehmung Rechtsbeistand geleistet. Er schniefte ständig.«

»Ist ja bekloppt! Ich erinner mich noch sehr gut an das letzte Mal, als ich ihn gesehen hab, und zwar im Café Beaubourg. Damals war er kaum zwei Monate aus dem Knast raus und schon wieder voll im Business. Er trug einen blassblauen Kaschmirpulli, auf dem seine dicken Goldketten protzten. Er rauchte Times. Du weißt ja, diese langen braunen Zigaretten, die die Schlampen immer rauchen, so eine hielt er in seinen perfekt manikürten Fingern. Er hat einen Eisenkrauttee bestellt, wo doch schon neun Uhr abends war und ich bereits seit zwei Stunden gebechert hab.«

»Na ja, das sieht ihm gar nicht mehr ähnlich. Was Kadiou angeht, der hat sich am Flughafen von Reykjavik mit achthundert Gramm Koks und zweihundert Ecstasys schnappen lassen.«

»Ein Araber in Island. Es gibt doch nichts, was es nicht gibt!«

»Er ist hingeflogen, um eine Techno-Fete zu versorgen. Jetzt sitzt er in einem Traum von einem Gefängnis, mit Heizung, Meerblick und zweiunddreißig Häftlingen, und macht dort eine Therapie.«

»So schwul, wie der ist, dürfte er sich wie im siebten Himmel fühlen.«

»Dermaßen, dass er keinen Anwalt will, um ihn rauszuholen, was schade ist, weil ich ganz gern auf Kosten seiner Familie nach Island gereist wäre. Ich kann weitermachen, wenn du willst, aber die Besuchszeit würde nicht reichen. Ich schlage vor, wir kommen jetzt mal zur Sache und reden über dich.«

Bertrand schaut mich an, und zwar ernst, was mir bei ihm, der nie irgendwas ernst nimmt, Unbehagen bereitet.

Ich klopfe ihm auf die Schulter. »Einverstanden. Maître,

Maître, he Maître, ich geb dir alles, was du willst, aber bring mich hier raus. Bei meiner Mutter, ich überhäuf dich mit Gold.«

Vom professionellen Verbrecher zum Profi des Verbrechens.

Egal ob dicker Fisch oder kleine Sprotte, der *homo delictus* funktioniert, mit Ausnahme des Sexualverbrechers oder des Gelegenheitsmörders, stets nach der Formel »Geld gleich Macht«. Mit anderen Worten: Je mehr Kohle du auf den Tisch legst, desto eifriger sind die Bastarde von Richtern zur Stelle und fressen dir aus der Hand. Was auf die dicken Gangsterbosse zutrifft, gilt auch für die Kriminellen mit weißen Kragen. Folglich zahlen sie ein Vermögen an die zehn immer gleichen Strafrechtsanwälte, welche sich nebenbei mit Geld vollstopfen, nur um im Knast zu zeigen, dass sie wer sind.

Das Ganze verhält sich wie mit Markenschuhen: Da gibt es die Nikes und die Berluttis, die gehässigen Kanaken und das Alte Frankreich der schönen Worte. Bertrand ist Sportschuhe vom Supermarkt Auchan und ich bin Tati-Schuhe. Doch was immer man auch behauptet, man geht genauso gut in Schuhen von Tati wie in Nikes – vor allem die Albaner, Russen und Usbeken, die sich einen Dreck aus der Marke ihrer Latschen machen. Und was Bertrand betrifft, so hatte seine Dissertation über die Seligsprechung ihm einen Mandantengrundstock aus fummelnden Pfarrern in Sandalen beschert.

Wir verkaufen alle dasselbe: heiße Luft, Träume, Versprechungen …

– Die Woche hab ich mal mit deinem Untersuchungsrichter gesprochen. Ich hab ihm gesagt, dass das nicht mehr so weitergehen kann: Überweis mir zweitausend Euro und ich geh noch mal zu ihm.

– Sobald das Rechtshilfeersuchen eingegangen ist, werd ich einen Antrag auf Freilassung stellen, wirst sehen, wir werden kämpfen: Das macht dreitausend.

– Ich glaub, die wollen deine Frau vernehmen. Das lässt sich schlecht an! Für viertausend hol ich sie aus dieser Scheiße.

– Morgen steht die Verlängerung deines Haftbefehls an. Bist schon so gut wie draußen! Macht fünftausend!

Häftling, ich zapf dir deine Kohle ab. Du hast mir einen Traum abgekauft, der von einem Richter abhängt, den ich kaum kenne: Künstlerpech, du sitzt noch immer im Knast. Schon blöd, klar, aber auch das ist die Doppelbestrafung!

»Sag mal ehrlich: Wann werd ich deiner Meinung nach vom Richter vorgeladen?«

Ich muss zugeben, dass die Haft, auch wenn ich mich dagegen wehre, mir allmählich zusetzt. Ich brauche endlich Action.

»Warum? Hast du deiner richterlichen Erstvernehmung noch was hinzuzufügen?«

»Nein, nichts.«

Betretene Stille breitet sich zwischen uns aus.

»Hör zu, ich weiß, mich geht das ja als Freund nichts an, aber ich bin trotz allem auch dein Anwalt … Und ich begreife immer noch nicht, warum du eigentlich hier bist. Wegen Geld? Ich kenn dich, das kanns nicht sein. Na ja … nur deswegen jedenfalls nicht! Und außerdem, was ist eigentlich in dem Umschlag, den du mir mit deinem Wohnungsschlüssel aus Genf geschickt hast?«

»Vertrauliche Papiere, die du für mich aufbewahren sollst.«

»Kann ich denn erfahren, was du am Tag vor deiner Festnahme in Genf gemacht hast?«

»Ich hab die Schwäne des Genfer Sees betrachtet und ’ne dicke Zigarre geraucht.«

»Sehr witzig!«

»Es stimmt aber!«

»Und die vermeintlichen Bedrohungen? An die glaube ich nicht eine Sekunde: Du hast keine Kinder, du bist Nihilist, du rauchst, du besäufst dich, du verbringst deine Ferien in Krieg führenden Ländern, weil es dort deiner Ansicht nach nicht so überlaufen ist. Du verkehrst mit dem schlimmsten Pack, und auf einmal soll einer wie du Angst um sein Leben haben? Ich werde dir was sagen: Richter Bartholomé macht es wie wir alle. Er glaubt deiner Geschichte mit den Drohungen, weil es ihn in seiner Vorstellung von Klassenjustiz bestärkt.«

»Meinst du, ein Antrag auf Freilassung wär eine gute Idee?«

»Aber sicher doch! Du hast keine Familie, keine Arbeit mehr. Du kannst im Nu aus dem Land verschwinden. Und was die Störung der öffentlichen Ordnung angeht: Du hast einen von den vier Typen, die zwei Geldtransporteure der Banque de France getötet und zwanzig Millionen Euro geklaut haben, wieder in die freie Wildbahn gelassen. Den Einzigen der Bande, den die Polizei sich hat krallen können. Wenn der Richter dich unter gerichtlicher Aufsicht rauslässt, wird innerhalb einer Woche keine einzige Bank in diesem Land mehr funktionieren. Deine Freilassung ist das Paradigma schlechthin einer Störung der öffentlichen Ordnung. Ihre Quintessenz. Sie ist der Quell des Chaos. Und dann sind da ja noch die Bedrohungen …«

»Unter diesem Blickwinkel betrachtet, in der Tat … da hab ich keine großen Chancen.«

»Du steckst ganz schön tief in der Scheiße, und wahrscheinlich bin ich nicht mal annähernd an der Wahrheit dran. Ich selbst habe deinetwegen schon Probleme. Mein Telefon wird abgehört. Meine Kanzlei ist durchsucht worden. Der Präsident der Anwaltskammer hat mich zweimal einbestellt, um mich weichzukochen. Du weißt ja, wie ausgeprägt sein Sinn für Floskeln ist … Er ist sogar so weit gegangen, von *Götterdämmerung* zu reden.«

»Nein, weiß ich nicht! Ich weiß nicht mal, wie die Visage vom Präsidenten aussieht. Ich hab Hunderte von Euro an Beiträge für Feste ausgegeben, zu denen ich dann nicht mal eingeladen wurde, ganz zu schweigen vom Zehnt, den die Anwaltskammer von meinen Pflichtverteidigungen einbehält. Dem Plebs gebührt kein Platz in Versailles. Du hingegen, als ehemaliger Konferenzsekretär, du gehörst ja zum Amtsadel, das ist was ganz anderes.«

»Wenn ich nicht Sekretär wäre, dann würde man mich jetzt wie einen Leprakranken ächten. Du bist die Schande der Rechtsanwälte, des gesamten Justizkorps. Du schuldest mir eine Erklärung!«

Bertrand hat recht. In meinem Egoismus habe ich vollkommen ausgeblendet, was es für ihn bedeutet, mein Rechtsbeistand zu sein.

»Ich bitte dich um Verzeihung. Es ist sehr kompliziert. Ich bin nicht mal sicher, ob ich selbst weiß, weshalb ich hier bin. Da ist ein bisschen von allem was dabei.«

»Dann mach mir eine Liste.«

Ich verspreche es ihm.

Und ich schließe ihn in die Arme, als der Oberaufseher das Ende der Besuchszeit ankündigt.

Bevor er geht, flüstert er mir noch ins Ohr: »Du bist der Marc Dutroux der Pariser Anwaltskammer.«

Während ich meine Klamotten ausziehe und mich mechanisch vornüberbeuge – »Husten! Ist gut, kannst dich wieder anziehen!« –, stelle ich mir Bertrand vor, wie er die kleine Metallplakette gegen meine Besuchserlaubnis zurückgibt und dann den langen Hauptgang entlangschreitet, der nach Bohnerwachs riecht.

Die schwere Tür der Abteilung 2.

Immer noch der Hauptgang und dieses Eichenholzparkett, das seit eineinhalb Jahrhunderten von den Häftlingen mit Muskelschmalz gewienert wird.

Die Tür der Abteilung 1.

Die Büros mit den alten Fotos an den Wänden, auf denen die Häftlinge noch geschlossene Kapuzen tragen und in Höfen ihre Kreise drehen.

Dann der Ausgang, wo ein Wärter ihm seine große vergoldete Münze mit dem aufgeprägten Wappen von Fresnes zurückgibt. Dieses Stück Metall, von dem ich so oft geträumt habe, ich würde es mit nach Hause nehmen, und das schon ganz glatt ist vom vielen Von-Hand-zu-Hand-Gehen.

Und endlich der gepflasterte Hof bis zu der kleinen Tür, die auf die Straße geht, an der ein weiterer Schließer ihm die dicke Münze gegen seinen Anwaltsausweis tauscht.

Bertrand ist das Kaninchen aus *Alice im Wunderland.*

5

Zum Marc Dutroux der Pariser Anwaltskammer werden, zum Quell des Chaos … Lag hierin etwa das ob der Vortrefflichkeit meiner Seele verdiente Glück?

Ziemlich armselig! Dessen bin ich mir bewusst. Wenngleich einer Institution zu missfallen, zu deren Leben und Erhalt ich seit Beginn meiner Laufbahn doch beitrage, die sich aber darauf beschränkt, meine Existenz einfach zu ignorieren, ziemlich vergnüglich sein kann. Gut, stimmt schon, die Situation erinnert mich an eine Geschichte, die mir mein Vater mal erzählt hat: von dem Mann, der sich mächtig damit brüstete, wie er zu De Gaulle gesagt hat, er könne ihn mal am Arsch lecken. Dagegen ist nichts einzuwenden, der hatte dem De Gaulle ordentlich das Maul gestopft! Und dann?

Was juckts einen?

Was hats die Geschichte gejuckt?

Was hats De Gaulle gejuckt?

Ich habe nichts Heroisches getan. Aber immerhin habe ich meinen Berufsstand mit Scheiße bekleckert, und ich muss gestehen, daraus ziehe ich die klassische Genugtuung des schlechten Schülers.

Schließlich holt man sich die Genugtuung dort, wo man sie kriegen kann.

Ich sehe nicht so recht, wie ich Bertrand erklären kann, dass ich David Sellem aus diesem einfachen Grund zur

Flucht verholfen habe. Leider fürchte ich, in der tieferen Motivation meiner Tat dürfte tatsächlich auch ein wenig davon zu finden sein.

Die ganze Geschichte hat kurz nach meinem mit Ekel behafteten 1. Mai begonnen, ungefähr Mitte Juli letzten Jahres.

Ich war wieder einmal Pflichtverteidiger, und zwar bei den Schnellverfahren. Einer dieser öden Tage, die sich wie ein Inventar à la Prévert hinziehen: eine Nutte, ein Einbrecher, ein Ehemann, der seine Frau schlägt, ein Besoffener, ein weiterer Besoffener, ein Typ, der eine Tasche geklaut hat, ein rückfälliger Sprayer, ein Autoradiodieb …

… Bis einer der juristischen Mitarbeiter aus der Kanzlei Dalil Lakdar, Alexandre Libner, zu mir kam, nachdem ich, so muss ich selbst zugeben, ein ganz passables Plädoyer für zwei Russen gehalten hatte, die in flagranti dabei erwischt worden waren, wie sie gefälschte Eintrittskarten für das Herrenfinale der French Open verkauften.

Ich hatte Libner schon mal gesehen. Ein Jüngelchen von fünfundzwanzig Jahren mit den sprichwörtlichen langen Zähnen, also gierig und ehrgeizig und noch bestens imstande, nach einem Morgen im Knast, einem Verfahrensentscheid beim Staatsanwalt über Mittag, zwei Verhandlungen am Nachmittag, dem Empfang von Mandanten am frühen und dem Spielklub am späten Abend, wo er dem Boss und seinen Nutten beim großen Rumtönen zuhören musste, mit nur vier Stunden Schlaf auszukommen.

Einer von Lakdars Klonen: Mafiosi-Nadelstreifenanzug

und brillantineglänzendes Haar, bloß ohne die Berluttis und die goldene, diamantbesetzte Rolex Oyster.

»Ich kam gerade vorbei, um ein Verfahrensergebnis abzuholen, und da habe ich Sie gehört, werter Kollege. Sie waren brillant. Mir lag sehr daran, Sie dafür zu beglückwünschen«, gab er es mir honigsüß.

Ich hatte ihm ziemlich perplex nachgeschaut, schließlich war es nicht üblich, dass einem ein Anwaltskollege grundlos Komplimente machte; insbesondere, wenn er zu Lakdars gedungenen und gehetzten Schergen gehörte.

Oh, Dalil Lakdar! Ein Rechtsanwalt, dessen wahre Absichten niemand vorausgeahnt hat. Am allerwenigsten ich!

Der Mann, durch den der Skandal zustande kam.

Als Sohn eines algerischen Militärs, eines gestürzten hohen Tiers, das wie alle anderen in Finanzskandalen herumplanschte, war er in der Banlieue aufgewachsen, hatte mit vierzehn seinen ersten GTI gefahren, mit sechzehn sein erstes Kilo Kokain gedealt, mit achtzehn sein Vorstrafenregister gesäubert, ehe er dann sein Jurastudium absolvierte. Lakdar war ein gewiefter Kerl, dem es stets gelungen war, andere an seiner Stelle büßen zu lassen. Inzwischen war er gerade mal dreißig Jahre alt und hatte bereits drei juristische Mitarbeiter und eine Kanzlei am Place du Trocadéro. Er verteidigte alles, was die Pariser Vorstädte an Dope-Schiebern zu bieten hatte. Er knöpfte ihnen ein Maximum an Kohle ab, bot ihnen als Gegenleistung aber auch einen Service nach Maß. Er war unter anderem berühmt dafür, dass er im Falle von Inhaftierungen seine Schergen losschickte, um bei den Grossisten ein bisschen Ordnung zu machen, damit der Stoff nicht im Scheißhaus landete, die SIM-Karten der Mobiltelefone nicht ihre Geschichte preisgaben, und vor allem, damit die Polizei nichts fand.

Damals, als ich Lakdar noch nicht näher kannte, hatte ich keine Meinung über ihn, im Gegensatz zu meinen Strafrechtskollegen, die ihn verabscheuten, manche, und davon bin ich überzeugt, ohne ihm je begegnet zu sein. Jeder wusste seine eigenen Gründe anzubringen: Man warf ihm vor, mit seiner Kundschaft befreundet, vollkommen unredlich oder ungebildet zu sein, sich ausschließlich für die Kohle zu interessieren, den Standeskodex nicht zu achten, übelst gewalttätige Typen zu verteidigen.

Jede Menge Gerüchte, ja sogar Legenden kursierten über ihn.

Eine davon war anlässlich eines Falls, in dem ich als Pflichtverteidiger auftrat, bis zu mir gelangt.

Es gab da einen Typ, dem ich später übrigens wieder begegnet bin, der wegen Hehlerei strafrechtlich verfolgt wurde, weil die Polizei bei einer Routinekontrolle im Kofferraum des von ihm kutschierten Clio zwanzig Goldbarren gefunden hatte. Ich bekam natürlich den Eigentümer des Fahrzeugs, der so pleite war, dass er sich keinen Anwalt leisten konnte. Er hatte überhaupt nichts mit der Sache zu tun, bloß seinem Kumpel den Wagen geliehen. Ein Ermittlungsverfahren war eingeleitet worden, um die Herkunft dieses Goldes herauszufinden. Der Untersuchungsrichter, Monsieur Martin, hatte meinen Mandanten unter gerichtliche Aufsicht gestellt. Der Mandant von Lakdar hatte sich auf die Behauptung versteift, es handle sich um Ersparnisse seiner Großmutter, und war im Knast geblieben. Gut drei

Monate später, als ich Richter Martin per Zufall vor dem Kaffeeautomaten begegnete und ihn fragte, wie es denn nun um diese kuriose Sache stehe, antwortete er, er sei wohl genötigt, den Typ früher oder später freizulassen und ihm sein Gold herauszugeben, weil er dessen unrechtmäßige Herkunft wahrscheinlich nicht nachweisen könne. Da Hehlerei nicht aufrechtzuerhalten sei, könne der Typ raus.

Kurze Zeit darauf ging ein Gerücht um, wonach Lakdar, von des Goldes Duft herbeigelockt, dem Beschuldigten folgende Lüge aufgetischt habe: »Dein Vater und mein Vater, die beten in derselben Moschee, und sieh mal, dieser Richter, na ja, seine Frau, die ist in den Süden versetzt worden, und er würde ja gern zu ihr ziehen. Aber solche Umzüge kosten eben 'ne ganze Stange. Er hat hundertzwanzigtausend Euro von mir verlangt, um dich laufen zu lassen, aber da dein Vater mein Freund ist, hab ich das Geschäft für hunderttausend gemacht.«

Der Typ, tatsächlich ein Schieber, soll Lakdar die hunderttausend ohne mit der Wimper zu zucken gegeben haben und in der festen Überzeugung rausgekommen sein, sein Anwalt habe ihm die Freiheit erkauft, wo er doch auf jeden Fall entlassen worden wäre.

Armer Monsieur Martin. Ein derart redlicher Mann, dass er sich von einem Rechtsanwalt nicht einmal eine Tasse Kaffee ausgeben lassen würde.

Damals hatte ich mir gesagt, diese Geschichte hat doch weder Hand noch Fuß.

Nicht etwa, weil Lakdar einen Dienst versilbert haben soll, den er gar nicht erwiesen hatte; das wunderte mich gar nicht. Im Übrigen, um ehrlich zu sein, tun wir so was doch alle mehr oder weniger. Vielleicht nur eben nicht so, mit einer dicken Lüge für einen dicken Batzen Geld.

Wir machen eher in kleine Lügen für kleine Kuverts: »Ich hab den Richter hart bearbeitet, er hat es dermaßen satt, mich in seinem Büro auftauchen zu sehen, dass ich spüre, wie er langsam nachgibt …« Ob der Anwalt sich die Hacken abläuft oder nicht, die Zeit tut das Ihre, und der Kerl wird sowieso letzten Endes rauskommen.

Nein, diese Geschichte hatte weder Hand noch Fuß, weil der Typ Jude war und sein Vater folglich nicht mit dem von Lakdar in die Moschee ging. Weil die Höhe der Geldbeträge mir übertrieben schien und die Sache mit dem korrupten Richter mir doch zu dick aufgetragen vorkam, als dass man sie schlucken konnte. Die Geschichte schien mit viel orientalischer Soße gewürzt, damit sie so richtig schön schockierte.

Damals kannte ich Lakdar jedoch bloß dem Namen nach. Heute ist das anders.

Wie dem auch sei, mein Urteil bleibt unverändert: Sicher, er ist ein Arschloch erster Güte, doch wenn meine Kollegen ihn nicht mögen, liegt das vor allem daran, dass er der einzige Strafrechtler ist, der kein pathologisches Verhältnis zu seinem Beruf hat.

Jacques Vergès meinte mal, er ziehe die Vulgarität einer Reportage des Revolverblatts *Détective* der allerschönsten humanistischen Predigt vor, denn die eine rieche nach Sex und die andere stinke nach Moder.

Über diesen Punkt sind wir sind uns doch alle einig: Genau deswegen üben wir unseren Beruf aus, wegen der starken Gefühle, die er verschafft.

Alle, außer Dalil Lakdar.

Das Warum und Wie interessiert ihn einen Dreck. Er ist der perfekte Vertreter des Ultraliberalismus. Das Einzige, was man ihm wirklich vorhalten könnte, ist, dass er die Quintessenz der Vulgarität darstellt. Er entspricht voll und ganz seiner Kundschaft, die, nebenbei bemerkt, mit den Gangstern der Audiard-Filme ebenso viel Ähnlichkeit aufweist wie ein Gemälde von Botticelli mit einem *tag*.

Er will schlicht und einfach Geld verdienen. Er funktioniert mit Verhältniszahlen im Hinterkopf: x Kilo Koks in der Akte ergibt y in der Vergangenheit gepushte Kilo ergibt z Honorar. Er bedient sich dort, wo es was zu holen gibt, emotionslos, ohne philosophische Betrachtungen.

Sollte ein Di Marco für die Titelblattillustration von *Détective* heutzutage neunzehnjährige Typen in BMWs wählen, mit Mobiltelefonen wie Stammesschmuck um den Hals gehängt und Nikes zu dreihundert Euro an den Füßen, so würden wir ja sehen, ob Vergès das noch immer so aufregend fände. Aber das sind die Zeichen der Zeit.

Lakdar zu verabscheuen, hat ebenso viel Sinn wie der Kampf des Einzelhändlers an der Ecke gegen eine Supermarktkette. Ein gerechter Kampf zwar, doch von vornherein verloren. Ich bin überzeugt, dass er leider die Zukunft des Berufs und der Kriminalität verkörpert.

Ein richtiger Scheißkerl!

Allerdings bin ich mit meinen Ex-Amtsbrüdern in einem

Punkt einer Meinung: Er wird übel enden, als ein Opfer der Flammen oder auf dem Grund der Seine, die Füße in Beton.

Und dann hatte sich dieses seltsame Vorkommnis noch einmal wiederholt, ungefähr im September, kurz nach dem Ende der großen Ferien.

Es ging damals um ein Verfahren wegen Bildung einer kriminellen Vereinigung: Die Brigade zur Bekämpfung der Bandenkriminalität beschattete seit zwei Monaten ein paar Spezialisten für Raubüberfälle auf Privatwohnungen; die Bande trieb sich eine Zeit lang um ein Appartement im feinen 16. Arrondissement, das der Frau eines Kameruner Ministers gehörte und worin diese alles hortete, was sie und ihr Gatte seit mehreren Jahren ihrem Volk von Notleidenden zu klauen vermocht hatten: Da gab es Schmuck, aber auch mehr als zwei Millionen Euro in bar.

Und ich, ich kriegte wie gewöhnlich den Dämlichsten ab: den Fahrer des Lieferwagens. Da die Bullen bemerkt worden waren, hatten sie eingreifen müssen, bevor die Bande spurlos in Gottes freier Natur verschwinden konnte. Meiner hatte im Polizeigewahrsam alles ausgepackt, wo die Akte bis dahin doch völlig leer gewesen und noch keinerlei strafbare Handlung begangen worden war!

Lakdar verteidigte den Boss und hatte zwei seiner Spießgesellen abgestellt, um dem Rest der Bande beizustehen.

Während ich also als Erster mein Plädoyer hielt, meiner besaß nämlich ein armseliges Vorstrafenregister, sah ich, wie Lakdar mich mit seinen funkelnden Wüstenmarderaugen fixierte. Dann hat er das Wort ergriffen.

Ich habe ihn stets für einen Stümper gehalten. Bei ihm musste ich immer daran denken, was mir Yoda, mein Referendariatsausbilder, eingepaukt hatte: »Wenn du nichts zu sagen hast, spielt das keine große Rolle: Brüll einfach! Die Mandanten sind in der Regel dermaßen blöde, dass sie am Ende zu dir sagen: ›Maître, meine Fresse, den Richtern, denen haben Sies aber mal gegeben, die haben glatt den Blechnapf mitgeschluckt.‹ Deine Kunden werden dir im Knast 'ne Mordswerbung verschaffen, selbst wenn deine Arroganz ihnen die Höchststrafe eingebrockt hat.«

Als Lakdar endlich aufgehört hatte zu blöken, hat er meinen Arm gepackt und mich, als ob wir die besten Freunde der Welt wären, in den Erfrischungsraum des Justizpalastes mitgezogen, wobei er mir die ganze Zeit Honig ums Maul schmierte.

Ich habe kaum darauf geachtet, was er zu mir sagte, dermaßen überrascht war ich über seine empathische Regung, obwohl ich doch ganz genau wusste, dass er mich für einen Blödmann hielt – was ich in seinen Augen zwangsläufig war, schließlich verdiente ich weniger Geld als er.

Entgegen allen Erwartungen machte er mir ein interessantes Angebot: Ich sollte mich seiner Truppe von Korruptis anschließen.

Gab es in einem schweren Fall mehrere Beschuldigte, steigerte der Untersuchungsrichter die Anzahl der Vernehmungen und Gegenüberstellungen, um eine bombensichere Version zu bekommen. Diese Version entsprach nicht unbedingt der Wahrheit, sondern war einfach eine Geschichte: die Geschichte, die der Richter hören wollte. Die subtile Arbeit des Rechtsanwalts bestand darin, zu erahnen, welche.

Das Schlimmste, was in dieser Situation passieren konnte, war, dass einer der Beschuldigten aus der Bande sich einen Anwalt nahm, der ihn allein verteidigte, ohne Rücksicht auf die anderen Beschuldigten zu nehmen. Die reinste Physik so was, es schuf ein Ungleichgewicht.

Angenommen A und A' sind die beiden Endpunkte einer Geraden: Wenn A steigt, fällt A'.

Einer von Lakdars äußerst geschätzten Diensten beruhte gerade darauf, eine »Gesamtverteidigung« durch x unabhängige Anwälte ohne erkennbare Verbindung untereinander anzubieten, die ein gemeinsames Lügengebäude konstruierten, um dem Richter etwas zum Knabbern zu geben. Nur so viel wie nötig; nicht mehr, nicht weniger.

Selbstredend habe ich keine Sekunde gezögert und seinen Vorschlag angenommen. Ich wurde direkt vom Mandanten bezahlt, nachdem Lakdar meine Honorare mit dem Bandenchef ausgehandelt hatte. Was für mich nur von Vorteil war, schließlich hätte ich nie, nicht einmal in meinen kühnsten Träumen, gewagt, bei meiner Klientel aus armseligen Luden solche Tarife anzuwenden.

Es handelte sich um lauter sehr nette Strafsachen: dicke Raubüberfälle mit einer ganzen Menge draußen vagabundierendem Geld, dicke Schwarzgeschäfte jeder erdenklichen Art, Stoff, natürlich, aber auch Anabolika, Waffen, Luxuswagen, Zigaretten und sogar ein bisschen islamistischer Terrorismus.

Binnen acht Monaten erfuhren meine Geldeingänge eine phänomenale Hausse. Ich habe mein Appartement neu eingerichtet, ich habe mir ein Auto für sechzigtausend Euro spendiert, Wochenenden in *Relais et Châteaux* mit strohdoofen Mädchen und 'ne Dauerkarte für das Schwimmbad des Hotel Ritz, in das ich dann nie einen Fuß setzte, weil ich doch Sport hasse.

Ein einziger Schatten lag auf diesem herrlichen Bild: Ich musste mir regelmäßig Lakdars pomadisierte Marderbirne antun, wenn ich zum Rapport erschien, immerzu mit diesem diffusen Gefühl, für einen Blödmann gehalten zu werden, was aber verglichen mit allem Übrigen nicht viel zählte.

Ich fahre im Cadillac durch die Straßen von Paris
Seit ich kapiert hab, wie das Leben läuft
Ich hab 'n kleines Stadtpalais, drei Diener und 'nen Chauffeur
Und die Bullen grüßen mich wie einen der ihr'n …

Endlich kam ich dem ob der Vortrefflichkeit meiner Seele verdienten Glück näher. Und sicher umso mehr, als wenn ich den Pflichtverteidiger für zwölfjährige Burschen machte, die ihre zehn Jahre alte Wohnungsnachbarin am Ende einer Geburtstagsfete mit einer Flasche Champomy-Kinderchampagner sodomisiert hatten.

Was war ich zufrieden! Nicht ein einziges Mal habe ich mir die Frage gestellt, weshalb Lakdar ausgerechnet mich, Christophe Leibowitz, auserkoren hatte, um ihn bei seiner Arbeit zu unterstützen. Mein Gott, was gab ich doch für einen eingebildeten Blödmann ab!

Ja, wie soll ich all das Bertrand erklären?

6

Die Tage vergehen, einer ist wie der andere.

Sieben Uhr.

Ein Schließer entriegelt die Holztür, die das Gitter unserer Zelle vom Gang trennt. Ein »Aufstehen, ihr Scheißhaufen!« oder irgendetwas dem Nahekommendes weckt uns an diesem neuen, gerade anbrechenden Tag.

Die Vorschriften zwingen den armen Mann, auch eine Antwort zu erzielen, um sich zu vergewissern, dass sich nicht einer von uns während der Nacht das Leben genommen hat. Das Spiel besteht darin, nicht zu antworten und zu warten, bis er tatsächlich wie ein Bekloppter zu brüllen beginnt.

Wagen Sie einen besonderen Beruf – werden Sie Gefängnisaufseher! Der Nachteil von Fresnes ist, dass es sich um ein Schul-Gefängnis handelt. Und wer Schule sagt, sagt Noten und folglich auch Übereifer, was im karzeralen Bereich das Schlimmste wie das Beste heißen kann. Das Schlimmste ist diese krankhafte Detailversessenheit im Umgang mit einem Binnenreglement, das aus dem Jahre 1839 stammt und einzig und allein noch von Fresnes angewandt wird, der mythischen Anstalt unseres Strafvollzugs. Man führt da gerne, zufällig herausgegriffen, die Schweigeregel an, den Formationsmarsch in einer Reihe dicht an der Mauer entlang, die unablässigen Leibesvisitationen, bei denen man sich splitternackt nach vorne beugen, seine Rosette zeigen und husten muss, und noch jede Menge anderen völlig überholten Mist.

Bei Ungehorsam liegt die Beruhigungs- oder B-Zelle im Visier, auch Kühlkammer genannt, eine jener kulturellen Besonderheiten, die Frankreich noch vor die Türkei platziert, was die Anzahl der Verurteilungen durch den Europäischen Gerichtshof für Menschenrechte wegen inhumaner und entwürdigender Behandlungen angeht.

Und das Beste: In Fresnes werden die Aufseher nicht alt. Hier gibt es keine nicht versetzbaren Ungeheuer, die nur noch auf ihre Rente warten, keine ekelhaften Schindmähren, grausamer als der grausamste Häftling.

Acht Uhr.

Ein Gefangener kredenzt uns das Frühstück: einen Laib Brot und kalten Zichorienkaffee. Keinen richtigen, der regt nur auf. Hervorgehoben werden muss, dass die Menge an Brot seit dem 19. Jahrhundert noch immer dieselbe ist – vierhundert Gramm pro Insasse. Ich kaufe mir dazu Heidelbeermarmelade, nicht im Glas, schneidet nämlich.

Heute ist schönes Wetter, einer dieser frischen Herbsttage mit Sonnenschein, der gerade so viel wie nötig wärmt. Dostom und ich beschließen, zum Spaziergang aufzubrechen. Wir verlassen unser kleines Zuhause, um in einem Hof von sieben auf zehn Meter unsere Runden zu drehen. Über unseren Köpfen vollführen Ratten auf einem Stahlnetz Hochseilakrobatik.

Seit ein paar Tagen sind sie sehr aktiv, weil sie sich für den Winter einrichten. Fresnes ist, so wird behauptet, die größte Rattenzucht Frankreichs. Letzte Woche erst hat eines dieser *gaspard* genannten Viecher einen Häftling in die Hinterbacken gebissen, als der gerade in aller Unschuld auf dem Thron saß. Sie steigen durch die Kanalisation hoch, und nicht selten kann man welche so lang wie mein Unterarm vor unseren Zellen herumwackeln sehen.

Sobald Dostom sich von mir entfernt, um mit seinen slawischen Kumpel zu schwatzen, werde ich wie gewöhnlich von zwei oder drei Häftlingen bestürmt, die sich mit mir über solch spannende Fragen des Strafvollzugsrechts auseinandersetzen wie etwa: Da gibt es einen Schließer, der liest regelmäßig die *France Football,* bevor er sie mir gibt, obwohl ich mir die doch gekauft hab, und folglich bekomm ich die Ergebnisse der Spiele immer erst mit drei Tagen Verspätung. *Quid juris?*

O Unglück! Der bretonische Autonomist nähert sich mir. Der Direktor dürfte ihn in die Abteilung 3 zu den Slawen gesteckt haben, weil er Ausländer ist. Dieser Typ geht mir auf den Zeiger, doch ich habe Mitleid mit ihm, weil ich weiß, dass er leidet. Er ist ein »politischer Gefangener«.

»Gehts?«

»Ja, muss gehen … Solange mir meine Erinnerungen und meine Überzeugungen bleiben, kann ich da immer noch die Kraft zum Weitermachen schöpfen, um für die Freiheit meines Volks zu kämpfen«, sagt er mit trauriger Miene zu mir, während er sich mit dem Finger an den Kopf tippt.

»Ah, gut, super!«

Im Gegensatz zu mir ist er mit Luden, Mördern, Dealern und Vergewaltigern nicht sehr vertraut. Er erzählt mir, in

Plusquellec, dem Kuhkaff, aus dem er kommt, könne sich niemand auch nur vorstellen, dass es so viel Verruchtheit auf dieser Welt gebe. Ich weiß, er durchleidet die Hölle, nachts höre ich ihn schreien und weinen, wenn er von einem kräftigen schwarzen Rapper, der nicht mal weiß, wo Brest liegt, gefickt wird. Und nur weil er in der komplizierten Logik eines Märtyrers der bretonischen Sache feststeckt, erstattet er keine Anzeige gegen dieses Schwein.

Dostom befreit mich von dem Bretonen, indem er mich darauf hinweist, dass der Tag und die Stunde einer unserer drei vorschriftsgemäßen Duschen nach Artikel D 358 des Strafvollzugsgesetzes gekommen sei.

Eine kalte Dusche, selbstverständlich, doch nicht etwa, weil es kein warmes Wasser mehr gäbe, sondern weil es in Fresnes noch nie warmes Wasser gegeben hat.

Zwölf Uhr, Mittagessen.

Dostom wärmt unsere kleinen Aluschalen auf der Kochplatte auf.

Manchmal nehmen wir das, was man uns vom Essenswagen bringt. Es ist zum Kotzen, aber wenigstens krepieren wir hier nicht vor Hunger wie in den Gefängnissen, wo die Mahlzeiten von einem auswärtigen Vertragslieferanten kommen. In den neuen Anstalten bieten Menütabletts, gemäß Artikel D 354 des Strafvollzugsgesetzes, ein kalibriertes Fressen mit wissenschaftlich berechneter Kalorienzufuhr. Die Dinger machen Laune wie Krankenhauskost, nur dass im Krankenhaus die Philosophie dahintersteckt, alles zu tun, um den Patienten anzuekeln, damit er abhaut.

Ein Profidrogenhändler, der praktisch in sämtlichen Knästen der Pariser Region eingesessen und daher Zeit gehabt hatte, sich mit allen Aspekten der Frage zu befassen, hat mir erklärt, die Portion Fritten betrage hundertzehn Gramm bei externer Bewirtschaftung und vierhundert Gramm bei interner. In den neuen Gefängnissen krepieren die Kräftigeren beinahe vor Hunger, während wir hier, zwischen Fritten und Brot, fett wie die Gartenschnecken werden.

Vierzehn Uhr.

In der Regel schauen wir fern. Bei fünfundzwanzig Euro die Woche sollten wir den Kasten auch amortisieren. Heute jedoch ist mein Freund Dostom zum Plaudern aufgelegt. Als er sieht, wie ich in *Die Erziehung der Gefühle* blättere, erkundigt er sich doch tatsächlich nach dem Geschick Frédéric Moreaus.

Es gibt doch nichts, was es nicht gibt!

»Er ist mit selber Frau wie Arnoux.«

Und weil er ein wenig verloren wirkt: »Nicht Madame Arnoux, die Frau, die er liebt. Nein! Teilen selbe Nutte in Wohnung.«

»Bordell?«

»Nein, nicht Bordell. Wohnung. Das sind Mädchen, die im Theater arbeiten und die auch Nutten sind. Man sagt aber nicht, dass die Nutten sind, weil die einen Mann haben, einen Kunden, der, der am meisten bezahlt. Ein Reicher. Bezahlt Wohnung und Kleid, Schmuck, teure Sachen.«

»Kein Tarif?«

»Kein Tarif!«

Nein, die Vatnaz nahm keine zwanzig Euro fürs Blasen und fünfzig fürs ganze Register. Dennoch war sie eine Nutte; nur eben ohne Aids und Großherzigkeit.

Es war Zeit, dass Bertrand mir Bücher auf Albanisch auftrieb, wenn möglich von ein wenig mehr in Richtung Rock 'n' Roll gehenden Autoren als Flaubert. Ich habe meinen Zellengenossen in Verdacht, so ein sentimentaler Typ zu sein, der Geschichten mag, die gut ausgehen.

Sechzehn Uhr.

Während Dragan unseren Nachmittagsimbiss zubereitet, bringt mir ein Wärter ein Telegramm von Bertrand. Er kündigt mir an, der Untersuchungsrichter werde mich in sechs Tagen zum Verhör rausholen. Richter Norbert Bartholomé. Ja was kann der mich nur zu fragen haben?

Ich erinnere mich noch an seine Ernennung. Das war vor ungefähr acht Jahren.

Er war soeben nach Paris versetzt worden und kam vom Gericht in Avesnes-sur-Helpe, diesem quasi schon belgischen und vollkommen unbekannten Kaff, das, allem Anschein zum Trotz, eine ausgeprägte juristische Aktivität kannte, hob der Zoll doch gerade dort die von Amsterdam zurückkommenden Drogenschieber aus.

Norbert Bartholomé war, von allem anderen einmal abgesehen, ein guter Richter. Er war geradeheraus, nicht für zwei Cent moralisierend und sogar ziemlich scharfsinnig. Weil er *pied-noir* war, brüllte er hemmungslos mit den Beschuldigten und mit den Bullen rum, was den Vorteil hatte, die Vorverfahren im Sturmschritt voranzutreiben und die Untersuchungshaftzeiten entsprechend zu vekürzen. Ich hatte ihn bei mehreren Fällen gehabt und jedes Mal in guter Erinnerung behalten. Nun aber war der Fall ich selbst. Die erste richterliche Einvernahme war schnell über die Bühne gegangen. Bertrand stand damals unter Schock, nachdem er mein etwas derangiertes Gesicht nach Abschluss des vorläufigen Gewahrsams gesehen hatte, und brachte nichts anderes heraus als »Mein Gott, Christophe, warum nur?« Den Tränen nahe, ging er zu Bartholomé rein, um ihm zu erklären, wie massiv man mich bedroht hatte und wie massiv man mich noch immer bedrohte.

»Wer hat Sie derart zugerichtet? Nicht die Polizei, hoffe ich?«

»Nein, die sind sehr korrekt gewesen. Das waren die Aufseher in Fleury.«

»Man muss sie verstehen. Sellem ist ihnen vor der Nase entwischt. So was ist eine unverzeihliche Nachlässigkeit. Angeblich sollen Sie ihm sehr gleichen, aber hier und jetzt, in Ihrem Zustand, vermag ich das schwer zu beurteilen. Haben Sie mir irgendetwas Besonderes zu sagen?«

»Ich bin bedroht worden!«

»Wann habe ich Sie das letzte Mal gesehen?«

»Bei der Sache Perrez: die Freiheitsberaubung im Kofferraum des Typs, der einen fingierten Einbruch organisiert hatte, tatsächlich aber seinen Drogenschieberschwager überfallen und ausgeraubt hat. Sie haben ordentlich mit Perrez rumgeschrien, als er Ihnen erzählte, er hätte doch nur hundertfünfzig Euro dafür bekommen, um den Typ in einer Garagenbox im Parkhaus einzusperren und drei Tage lang zu bewachen. Sie haben ihn noch gefragt, wie es eigentlich komme, dass Sie niemanden finden, wenn Sie einen Anstreicher oder eine Reinemachefrau suchen und die Leute anmelden wollen.«

»Ja, ja, ich erinnere mich! Ich finde noch immer niemanden: Die Portugiesen wollen nur noch schwarz arbeiten. Und Sie? Wie viel hat man Ihnen dafür geboten, dass Sie eingewilligt haben, sich in so eine Geschichte hineinzureiten?«

»Nichts! Ich bin bedroht worden.«

»Ja, das sehe ich … Ich habe mir sagen lassen, Sie hätten in der letzten Zeit Probleme gehabt. Wie dem auch sei, ich denke, Sie werden mühelos verstehen, dass mir nichts anderes übrig bleibt, als dem Antrag des Staatsanwalts auf Haftbefehl gegen Sie zu folgen. Wir warten ein paar Monate ab, bis sich die Lage beruhigt hat, und wer weiß, vielleicht spürt die Polizei in der Zwischenzeit ja David Sellem auf. Danach entscheiden wir, was wir mit Ihnen machen werden. Einverstanden?«

»Ja, ja! Vielen Dank, Monsieur le Juge«, hatte Bertrand gestammelt.

»Warum bedankst du dich bei ihm? Ich wandere ins Loch!«

Der Richter hatte nur gelächelt: Stan Laurel und Oliver Hardy vor Gericht.

Bertrand hatte möglicherweise recht, als er mir sagte, es verschaffe Bartholomé einen gewissen moralischen Trost, mich bedroht zu wähnen. Ich denke, unsere Richter sind sich vollkommen im Klaren darüber, dass sie es tagtäglich mit schwarzen Schafen zu tun haben, doch aus verschiedenen Gründen – aus Angst vor Skandalen, wegen der Klassensolidarität und eigentlich vor allem deswegen, weil wir unsere Hosenböden auf den Bänken der gleichen Fakultäten abgewetzt haben – weigern sie sich, hieraus die sich aufdrängenden Schlussfolgerungen zu ziehen.

Und wenn ich ihm sämtliche Coups beichten würde, in die ich mit Lakdar verwickelt war? Das würde ziemlich vielen Untersuchungsrichtern kostbare Zeit ersparen. Ich weiß, was wo herumreist oder wo was herumreist, wer was wem verkauft, wer der Cousin von wem ist, woher was kommt … Und seit Kurzem weiß ich noch einen ganzen Haufen anderer sehr interessanter Dinge. Vielleicht wird Bartholomé mich ja in zehn Tagen rausholen, um mir zu verkünden, er habe endlich eine portugiesische Reinemachefrau gefunden, die bereit sei, sich anmelden zu lassen.

Die Sache mit dem Raubüberfall bei der Banque de France hatte Lakdar damals geerbt, weil Sellem – der Einzige der Bande, der sich hatte schnappen lassen – ein Freund aus Kindheitstagen war.

Ein heißer Fall! Der Tod zweier Werttransporteure hatte zu einem landesweiten Streik bei der Geldversorgung der Banken geführt, was die Wirtschaft mehr als einen Monat lang lähmte. Ein weiterer Grund für den gesamten Berufsstand der Strafrechtler, Lakdar zu verabscheuen, und zwar nicht etwa, weil er einen Bösen verteidigte, sondern weil sie neidisch waren. Das Ganze war nicht bloß eine mediale Angelegenheit. Bei Weitem nicht! Das Reizvolle an dieser Geschichte bestand vielmehr in den zwanzig Millionen

Euro, die sich spurlos verflüchtigt hatten. Dies ließ der Fantasie meiner Kollegen freien Lauf, was die astronomische Höhe der Honorare betraf, die Lakdar bei diesem Coup einstreichen würde.

Von den vier Räubern hatten drei entwischen können. Da sie während der gesamten Operation maskiert gewesen waren, konnte man sie unmöglich identifizieren. Allein Sellem war ausfindig gemacht worden, weil sein Frauchen ihn wegen einer banalen Bettgeschichte verpfiffen hatte. Um ihre Aussage zu untermauern, gab sie der Polizei noch preis, wo die bei dem Bruch benutzte Ausrüstung steckte.

Die Schwurgerichtsverhandlung fand ein paar Monate vor dem Zeitpunkt statt, an dem ich für Lakdar zu arbeiten begann. Sellem kassierte lebenslänglich. Eine sehr harte Strafe, wenn man berücksichtigte, dass keineswegs er auf die Transporteure geschossen hatte. Aber wenn du es nicht tatest, dann tat's dein Bruder, und in diesem Punkt hüllte er sich völlig in Schweigen. Er legte Berufung ein.

Bis sein Fall erneut verhandelt werden würde, hatte man ihn ins Gefängnis Fleury gesteckt, wo ihn die Strafvollzugsbehörde aus Angst, er könnte ausbrechen, mächtig piesackte.

Die Ausgangslage schien ideal: Zur Höchststrafe verurteilt, hatte Sellem rein gar nichts zu verlieren, wenn er mit Unterstützung vom Rest der Bande, der mitsamt dem Geld noch immer draußen war, einen Fluchtversuch unternahm.

Doch was sich aus den Fakten heraus vielleicht erklären ließ, galt in den Augen des Strafvollzugsrechts als unannehmbar: Bei Sellems guter Führung gab es keine Rechtfertigung dafür, dass er ständig in Einzelhaft gehalten wurde und während jeder Ausführung mit Ketten gefesselt sein musste.

Lakdar hatte eine Besuchserlaubnis auf meinen Namen ausstellen lassen und mich zu ihm geschickt, um das Problem der Haftbedingungen an Ort und Stelle zu regeln. Ich erinnere mich noch, wie eigenartig mir das vorkam, handelte es sich hier doch um die typische Aufgabe für einen juristischen Mitarbeiter. Ich als unabhängiger Rechtsanwalt würde ihm für den Besuch dreihundert Euro in Rechnung stellen, was viel Geld war, nur um sich die Klagen eines Gefangenen anzuhören.

So brach ich denn nach Fleury auf, zu einem Treffen mit David Sellem. Es war Anfang Mai – ein Jahr, auf den Tag genau, nach jener Erkenntnis, die mich beinahe dazu gebracht hatte, aus der Anwaltschaft auszuscheiden. Ich hätte mich in Acht nehmen sollen.

Diesen Tag, den werde ich so bald nicht vergessen.

Ich erwartete ihn in einem der winzigen Anwaltssprechzimmer der Abteilung 2. Von innen her drangen Geräusche von Wärtern zu mir, die seinen Häftlingsausweis doppelt und dreifach überprüften. In dem Augenblick, als er vor mir auftauchte, fiel mir der Himmel auf den Kopf.

David Sellem war mein Doppelgänger.

Und während er mich lächelnd anschaute, ohne ein Wort zu sagen, habe ich alles begriffen! Ich begriff, weshalb Lakdar zu mir gekommen war, um mich aus meiner Scheiße zu holen. Ich begriff, wie und weshalb er mir erlaubt hatte, in seiner zu waten.

»Die Hälfte von meinem Anteil, das heißt zwei Millionen Euro auf einem Konto in der Schweiz. Meine Freunde werden Sie dorthin begleiten, Sie eröffnen das Konto selbst, Sie zahlen die Summe ein und kommen mich dann wieder besuchen, um den Austausch durchzuziehen.«

Mein Gehirn hatte einen Aussetzer. Kein Laut kam über meine Lippen. Nach einer langen Stille legte Sellem seine Hand auf meine, was mich hochschrecken ließ.

»Das wird niemals klappen«, gelang es mir endlich zu stammeln.

»Aber sicher doch, das wird klappen. Außerdem sind in Fleury die Fingerabdruckleser am Ausgang der Besuchszimmer installiert. An den Besuchszimmern für Angehörige, nicht den Anwaltssprechzimmern. Ihnen misstraut niemand. Ich frage mich wirklich, wieso!«

Er lachte. Hinzu kam, dass er nach allem aussah, nur nicht nach einem Idioten. Unter anderen Umständen hätte ich seine Gegenwart geschätzt, hier aber … war ich … vollkommen überrumpelt.

»Entschuldigen Sie. Ich muss jetzt gehen … Aufseher …«

Ich begann wie hysterisch zu brüllen.

»Ich weiß, es ist nicht einfach«, sagte Sellem mit sanfter, beinahe mitfühlender Stimme zu mir, ehe er selbst ins Innere seiner Abteilung zurückkehrte.

Ich hörte noch, wie sich die Türen hinter ihm schlossen, während ich davonstürzte.

Ich erinnere mich, die Autobahn genommen zu haben, um von Fleury zurück nach Paris zu fahren, das Radio voll aufgedreht, damit ich mich nicht denken hörte.

»Warm-up und Eröffnung der Feindseligkeiten mit DJ

Streambug. Als Guest hat der Resident-DJ Radium Baltramir von der Bollywood Confederation für drei Stunden Nonstop-Maximix eingeladen. Freier Eintritt für die Girls … Gute Nacht, ihr Happy Few …«

»This is HTVI, Happy TV International, bringing you happy news from around the world 24 hours a day …«

Botschaften der Freiheit …

Ich fühlte mich wie ein Mädchen, das gerade auf einem Parkplatz vergewaltigt wurde und im Auto ein Liebeslied hört, während ihm Sperma über die Schenkel läuft.

Ich kehrte heim in mein hübsches, funkelnagelneu eingerichtetes Appartement, setzte mich auf mein Bett und schaute mich lange um, als wäre ich zum letzten Mal hier. Die dumpfe Panik, die mich ergriffen hatte, hinderte mich am Nachdenken.

Mein Mobiltelefon begann zu klingeln; Lakdars Nummer blinkte hartnäckig auf dem Display. Ich fixierte sie, wie eine Waldmaus die Schlange, bis das Klimpern endlich aufhörte. Der Marder hinterließ keine Nachricht.

Ich legte mich in den Kleidern hin und schlief ein.

Anderntags waren die Dinge wieder an ihrem Platz. Diese Rollenwechselgeschichte erschien mir wie ein hässlicher Albtraum. Niemand konnte mich zwingen, so was zu machen, am wenigsten dieser Lump von Lakdar.

Es stimmte zwar, dass ich mich in seine Mauscheleien hatte verwickeln lassen, aber ich wusste genauso viel über ihn wie er über mich. Ich hatte keine Familie, die er hätte bedrohen können, und wenn man mich abmurkste, könnte der Austausch sowieso nicht mehr stattfinden.

Ich nahm mein Strafgesetzbuch zur Hand.

Flucht. Artikel 434-27 bis 434-37.

Ich wusste, dass das französische Strafvollzugsgesetz einem Inhaftierten das Recht auf Flucht zubilligte. Geschah diese weder von Gewalt oder Bestechung noch von der Zerstörung einer Schließvorrichtung begleitet, war sie nicht strafbewehrt.

Der Baske, der im Angehörigenbesuchszimmer im Gefängnis La Santé den Platz seines Bruders, eines ETA-Mitglieds, eingenommen hatte, konnte von der Justiz nicht belangt werden; man hatte ihn wieder laufen lassen müssen.

Dieses perfekte Verbrechen hatte den Justizminister in helle Aufregung versetzt, weshalb er unverzüglich die Forderung erhob, sämtliche Gefängnisse müssten mit einem biometrischen Erkennungssystem ausgestattet werden. Bislang hatte man die Häftlinge auf dem Weg zum Besuchszimmer mit einer Tinte gekennzeichnet, die unter ultraviolettem Licht sichtbar wurde. Dabei handelte es sich um dasselbe vollkommen dämliche Verfahren wie in den Provinznachtclubs: Die Kennzeichnung konnte man durch schlichten Kontakt der Hand des Häftlings mit der des Besuchers kopieren.

Das biometrische, absolut unfehlbare Erkennungssystem bestand nun darin, die Hände des Sträflings am Tage seiner Inhaftnahme zu scannen und damit einen Ausweis zu erstellen.

Nur für die Rückkehr vom Anwaltssprechzimmer existierte keinerlei Vorkehrung, schließlich blieb der Häftling ja, wenn er uns aufsuchte, in seiner Abteilung.

Doch da gab es auch noch den Artikel 434-33. *Mit zehn*

Jahren Haft und einer Geldstrafe von 150 000 € belegt wird das Vorgehen jedweden durch seine Ämter dazu Befugten, eine Strafvollzugsanstalt zu betreten oder sich aus welchem Grunde auch immer den Inhaftierten zu nähern, welches darauf abzielt, deren Flucht zu erleichtern oder vorzubereiten.

Kurzum, ein Rechtsanwalt, der den Platz seines Mandanten übernahm, riskierte zehn Jahre Knast.

Zehn Jahre! Das war abschreckend.

Ich nahm mein Telefon zur Hand, um dieses Arschloch von Lakdar anzurufen.

»Zwei Millionen Euro auf ein Schweizer Konto, verdammter Glückspilz, ich wär gern an deiner Stelle. Selbst in deinen kühnsten Träumen kannst du dir nicht ausmalen, mit deiner saublöden Kundschaft so viel Kohle zu verdienen.«

Ich weiß wirklich nicht warum, aber ich hätte eigentlich erwartet, eine Unterhaltung, einen Meinungsaustausch, ein Streitgespräch mit ihm zu führen. Dass wir über diese Identitätswechselgeschichte diskutieren würden. Was für einen Kretin ich doch abgab! Er analysierte die Situation mit seinem ultraliberalen gesunden Menschenverstand. Da war Kohle zu machen. Punkt.

»Zehn Jahre …«

»Wart mal, du weißt doch ganz genau, dass du niemals zehn Jahre kriegen wirst. Brauchst nur zu sagen, man hätte dich bedroht. Du gehst nicht mehr vor deine Tür, versäumst deine Verhandlungen, und wenn deine Kollegen dich fragen, warum du nicht gekommen bist, sagst du, du hättest Superscheißärger an der Backe. Du lässt dir bei zwei oder drei Mitgliedern des Kammervorstands Termine geben und sagst sie jedes Mal im letzten Augenblick ab. Du gibst den konfusen Typ, der die anderen zu Kommentaren veranlasst wie: Wir haben schon gespürt, dass er sich uns anvertrauen wollte, aber er hatte Angst. Kurz und gut, du kannst dir das Klima vorstellen?«

»Und wie viel kassierst du bei diesem Coup?«

»Ein jämmerliches Taschengeld! Geht nur um einen Gefallen. Sellem ist ja mein Freund.«

»Wer sagt dir, dass mich Geld interessiert?«

»Du würdest doch nicht dastehen wie ein Hungerleider und Pflichtverteidigungen machen, wenn du kein Geld bräuchtest. Ich kenne dich inzwischen ganz gut, und ich weiß, dass du kein Blödmann bist. Niemand hat Lust, sich abzurackern, wenn er nicht dazu gezwungen ist. Mit diesem Zaster kannst du leben, wo du willst, machen, was du willst. Du hast im Lotto gewonnen, Kumpel.«

»Was ist eigentlich mit dem Mädchen passiert, das Sellem verpfiffen hat?«

Meine Frage überraschte mich selbst. Das Schicksal dieser Unglücklichen war mir unwillkürlich in den Sinn gekommen, mein Gehirn hatte es einfach, vom Selbsterhaltungstrieb angeregt, mit dem meinigen verknüpft.

»Ihre Familie hat sie in einer dermaßen miesen Ecke von Israel versteckt, dass nicht mal die Juden dorthin wollen, um ihr ans Leder zu gehen … *Allah ya'tikum scharr!* Aber, apropos, Leibowitz, das ist doch jüdisch. Bist ja auch ein verdammter Jude!«

»Leibowitz-Berthier! Ich bin kein Jude. Ich bin nichts.«

»Was soll das heißen, du bist nichts? Man ist immer irgendwas. Du bist ein verdammter sich schämender Jude, genau das bist du! Und ich, siehst du, ich bin Araber. Man behauptet, die Araber und die Juden, die würden sich nicht verstehen. Doch das ist ein Irrtum! Was die Arbeit angeht, hats nie Probleme gegeben.«

»Jude ist man, wenn man sich jüdisch fühlt. Ich für mein Teil fühl mich als gar nichts. Und außerdem hab ich keine Lust, in den Knast zu gehen.«

Plötzlich begann er zu brüllen: »Du wirst dich eben wie ein verdammter Jude fühlen, du dreckiger Scheißjud! Du bist jüdisch! Du bist ein verdammter Jude! Wie Sellem, mit dem du eine verdammte Ähnlichkeit hast und den du aus der Scheiße holen wirst, verfluchter Mist!«

Und dann hat er einfach aufgelegt. Anschließend hat er mich bei all seinen Fällen abgesägt. Mein Umsatz reduzierte sich auf null Komma nichts.

Und was die Sache nicht besser machte: Seit den neuen Gesetzen, die passive Anwerbung für gesetzwidrig erklärten, war Zuhälterei nicht mehr länger eine erfolgreiche Marktnische. Die Bullen hatten vom Innenministerium die Weisung erhalten, die Nutten ordentlich zu schikanieren. Eine typisch französische Lösung: Man verbietet nicht, man entmutigt. Gelungene Operation: Weil die Typen es schnell satt hatten, sich im Lichtkegel der polizeilichen Stablampen einen abkauen zu lassen, war beim Strich nicht mehr viel zu holen, und die Luden machten den Laden dicht.

Was für eine Tristesse!

Weil ich nicht mehr die Mittel besaß, mir hübsche doofe Schnallen zu gönnen, musste ich mich wieder an meinen alten Liebschaften schadlos halten, an den überdiplomier-

ten Anorektikerinnen aus Saint-Germain-des-Prés und …
an den Pflichtverteidigungen.

Die totale Klemme.

7

Neunzehn Uhr.

Während Dostom uns seelenruhig eine albanische Spezialität fürs Abendessen zubereitete, hat ein beschissener Kleindealer, der sich vor mir damit gebrüstet hat, ein Mandant von Lakdar zu sein, von dem ich aber bis dahin noch nie gehört hatte, aus irgendeinem unerfindlichen Grund seine Matratze in Brand gesteckt, genau gegenüber unserer Zelle.

Rasch erfüllte dichter, beißender Rauch die gesamte Abteilung, weshalb sie umgehend geräumt werden musste.

Als wir endlich in unsere Zellen zurückkehrten, war der Brandgeruch so unerträglich, dass wir unmöglich die Nacht dort verbringen konnten. Also haben uns die Aufseher aufgeteilt, wie es eben ging, und uns in die Abteilung 2 verlegt.

Mein Gefährte und ich landeten in einer Doppelzelle mit einem Stecher, der uns mit fiesem Blick dabei zusah, wie wir seinen Lebensraum in Beschlag nahmen.

Ich hoffe, wir werden nicht allzu lange hierbleiben, schließlich haben wir unsere netten kleinen Gewohnheiten zurücklassen müssen, und der arme Dostom kann beim Hofgang nicht mehr mit seinen slawischen Kumpel reden.

Weil die Slawen die Moslems in einem Maße verabscheuen, dass sie sich in den Völkermord gesteigert haben, hat der Direktor tunlichst darauf geachtet, sie von den übrigen Insassen fernzuhalten und in den hintersten Winkel der

Abteilung 3 zu verbannen. Dieser Teil war winters nicht geheizt, weil das Wasser für die Heizkörper mit quasi null Druck dort ankam, und die Slawen waren nun mal die Einzigen, die so was ohne Meuterei hinnahmen, war ein solcher Komfort doch weder schlechter noch besser als der einer Gemeinschaftswohnung in Moskau, Alma-Ata oder Tirana.

»Bist du etwa der Anwalt?«, fragt mich Aziz, der Serienvergewaltiger aus dem 18. Arrondissement, nachdem er mich lange vom anderen Ende unserer neuen Zelle aus beobachtet hat.

»Ja, der bin ich!«

»Darfst hier nicht bleiben.«

»Ich und mein Freund, weißt du, wir haben nun mal keine Wahl. Unsere ganze Zelle stinkt nach Verbranntem.«

»Darfst hier nicht bleiben!«

Ich drehe mich auf meinem Strohsack zur Wand hin, um seinem Blick, der mich weiterhin fixiert, nicht mehr zu begegnen. Der Typ da ist doch nicht sauber. Man könnte meinen, der hätte Angst vor mir. Ich spüre, dass er für nichts auf der Welt in seine Koje direkt über meiner zurückkehren wird.

Um mein Unbehagen zu vertreiben, denke ich an jenen besonderen Tag zurück, der eine Reihe von Widrigkeiten mit dem Kammervorstand einleitete. Ein Vorkommnis, das, zu allem Übrigen hinzugenommen, diesem ungeheuren Überdruss, den mir mein Leben seit meinem Zerwürfnis mit Lakdar bescherte, schließlich dazu geführt hat, dass ich den ganzen Krempel hinschmiss.

Es geschah eineinhalb bis zwei Monate nach dem Tag, als er einfach aufgelegt hatte. Ich war blank. Folglich hatte ich die Pflichtverteidigungen wieder aufnehmen müssen. Mit dem größten Widerwillen.

An jenem Tag war ich zusammen mit zwei jungen Kollegen der Nachmittagsmannschaft bei den Schnellverfahren zugeteilt.

Um acht Uhr abends hatten wir, weil es nicht genügend Wachbeamte gab, um die Inhaftierten aus der Verwahrung hinauf zur 23. Strafkammer zu bringen, noch immer nicht anfangen können. Gleichwohl fuhr die Staatsanwaltschaft unverdrossen fort, Strafakten rauszuhauen, so viel du wolltest.

Ich kam um vor Hunger, und in den Sandwichautomaten gab es nichts mehr zu fressen. Le Soleil d'Or und die Brasserie du Palais hatten schon lange geschlossen, und weiter bis zur Grenze der Île de la Cité konnten wir nicht ausschwärmen, stand doch der andauernd verschobene Sitzungsbeginn unmittelbar bevor.

Um zehn Uhr abends dann, als ich endlich meinen ersten Fall vertrat, schickte ich den jüngeren der anderen beiden Anwälte los, einen Teller mit Häppchen aus dem Salon Harley zu organisieren, wo der Präsident der Anwaltskammer gerade seine allwöchentliche Fummelparty gab, Luxustraiteur Potel & Chabot, versteht sich. Weil er ohne Einladungskarte jedoch nicht reinkam, kehrte der Kollege mit leeren Händen zurück.

Um halb zwölf kam die zweite Fuhre zu richtender Elender aus der Verwahrzelle hoch; zwei Chinesen, ein Afrikaner, ein Araber, ein Rumäne und ein armer süchtiger Einbrecher, der höchstens noch ein paar Tage zu leben hatte, so viele tödliche Krankheiten hatten sich auf diesem ausgezehrten Häufchen Mensch angesammelt.

Fünf der Festgenommenen hockten einer auf dem anderen links auf der Anklagebank zusammengepfercht, instinktiv abrückend von dem sechsten, der von Zuckungen geschüttelt, den Kopf gesenkt wie ein alter Hund, am anderen Ende dahinsiechte.

Das zutiefst Animalische dieser ganzen Szenerie, der Hunger, die Müdigkeit, das Volle-Schnauze-Syndrom ließen mich rotsehen. Ich weigerte mich, mein Plädoyer zu halten, und brüllte, dass es unanständig sei, unter solchen Bedingungen Recht zu sprechen. Hellauf entsetzt durch die Aussicht, bei den Pflichtverteidigungen auf die schwarze Liste gesetzt zu werden, starrten die beiden jungen Amtsbrüder nur auf ihre Füße, als ich sie aufforderte, mir zu folgen und den Kammerpräsidenten mal gebührend zu feiern. Offen gestanden, ich sah schon aus wie ein Irrsinniger.

Sie boten mir an, meine Fälle und deren Verteidigung zu übernehmen. Ich antwortete nicht einmal und brach im Sturmschritt zur Fummelparty im Salon Harley auf.

Der Zerberus am Eingang trat, in Anbetracht meines fuchsteufelswilden Gebarens und der Entschlossenheit meines Schrittes, unwillkürlich zur Seite und ließ mich ein. Ich platzte in den Saal, schon drauf und dran, einen Skandal zu veranstalten, als ein alter Opi auf mich zueilte, mir ein »Werter Kollege« aufs Haupt gab und mich zu meiner brillanten Einlassung anlässlich des Kolloquiums *Der Pakt der Treuen Hand – Mythos oder Realität* beglückwünschte. In Windeseile wurde ich von einem erlauchten Areopag von

Opis umringt, die, allesamt ein wenig beschwipst, mich für einen gewissen Guichard hielten, berühmt – so vermochte ich herauszuhören – ob der Veröffentlichung eines Wälzers mit dem Titel *Die Güter der Toten Hand – Perspektive und Facetten.*

Sie zogen mich mit zum Büfett. Niemanden schien die Tatsache zu bekümmern, dass ich der Einzige in Robe war.

Nur als ich dann, den Mund voll mit Häppchen und das Champagnerglas in der Hand, meine neuen Freunde bat, mich dem Präsidenten der Anwaltskammer vorzustellen, sah sich niemand dazu imstande. Wie bei den Abendgesellschaften des Großen Gatsby hatte ihn keiner gesehen, doch alle Welt sprach von ihm.

Ich brachte Dutzende absurder Toasts aus und brüllte sämtliche Namen von Dekanen, Alterspräsidenten und berühmten Verfassern grundlegender Werke, die mir gerade so in den Sinn kamen. »Auf das Wohl von Dekan Carbonnier. Ja genaaauuu …!«

Und die Opis stimmten im Chor ein: »Hoch lebe Dekan Carbonnier! Ein Hoch auf sein *Flexibles Recht* …«

Ich sorgte für eine Bombenstimmung. Die Schnellverfahren vergaß ich vollkommen.

Ich habe mir den Kopf zugehauen, bis ich mich schließlich auf meine Robe übergab und am Boden zusammenbrach. Um zu verhindern, dass es weitere Zeugen dieser nur äußerst bedingt dem Berufsethos gehorchenden Szene geben mochte, haben mich die Feuerwehrleute des Justizpalastes diskret nach Hause gebracht.

Anderntags fand ich in meinem Barettkasten eine Vorladung, ausgestellt von einem Mitglied des Kammervorstands, das mich aufforderte, umgehend in seinem Büro vorbeizukommen.

Dort erteilte mir ein nicht näher bestimmter Beauftragter eine väterliche Rüge vonseiten des Kammerpräsidenten, weil ich gegen meinen Eid hinsichtlich der anwaltlichen Würde gefehlt hätte. Er wies mich darauf hin, dass es sich hierbei um die erste Stufe der Standessanktion handle, ehe man mich dringend ermahnen müsse, mich zurückzuhalten. Auch riet er mir, mein Alkoholproblem in den Griff zu bekommen, bevor ein zweiter und diesmal entscheidender falscher Schritt zu beklagen sei.

»Ich dachte, ich hätte einen Termin mit einem Mitglied des Kammervorstands.«

»Die Vorständler haben Besseres zu tun, als sich Ihre Säufergeschichten anzuhören!«

»Wenn ich trinke, dann liegt das nur daran, dass ich sehr ernste Probleme hab«, stieß ich zwischen den Zähnen hervor. »Das sollte man dem Präsidenten sagen!«

Die zweite Begebenheit trug sich vierzehn Tage später zu, abermals während des Bereitschaftsdienstes.

An jenem Tag war es sehr heiß. Wir hatten Ende Juli, einen Montag. Es war neun Uhr abends.

Ich wartete schon seit Schlag zehn im engen Flur der Haftrichter, dass einer von ihnen endlich geruhte, aus seinem Büro zu kommen und mich in den Cusco zu begleiten. Dort sollte ich einem Ghanaer Beistand leisten, der aus Amsterdam kommend im Gare du Nord hochgenommen worden war und eine wahnsinnige Menge Drogen im Körper hatte. Die Polizei hatte ihn ins Krankenhaus eingeliefert, damit er dort mit Abführmitteln vollgestopft wurde und er der Justiz die Beweismittel seines Vergehens herausgeben konnte.

Unter einiger Mühe hatte ich den bereitschafthabenden Untersuchungsrichter und seine Gerichtsschreiberin bereits dazu bewegen können, das kurze Stück zwischen Jutizpalast und dem Krankenhaus Hôtel-Dieu zu überwinden und die richterliche Erstvernehmung durchzuführen, in deren Verlauf meinem Mandanten offiziell der Untersuchungshaftbeschluss mitgeteilt worden war.

Also brauchte der Haftrichter ihn bloß noch in den Bau zu schicken.

Das Problem dabei war allerdings, dass die vier Haftrichter sich die heiße Kartoffel gegenseitig zuschoben: Wer sein Tagewerk als Letzter beendete, der würde demnach auch diese undankbare Aufgabe erben.

In den Cusco zu gehen, widerstrebte allen.

Zunächst einmal verlief sich jeder, der das Pech hatte, den Weg nicht zu kennen. Galt es doch, eine im Hôpital de l'Hôtel-Dieu, rechter Flügel, fünfter Stock, ganz am Ende der Augenheilkunde versteckte Tür ausfindig zu machen. Und hinter dieser geheimnisvollen Tür lag der Cusco-Saal. Im Grunde ein schmaler Gang von kaum zwei Metern Breite, der nach Pisse und Reinigungsmitteln roch, voll von Bullen in tiefer Verzweiflung darüber, nie wieder das Tageslicht zu sehen, die sich auf alten Untersuchungsstühlen fläzten, welche den Weg versperrten.

Und dann war es wahrlich kein Leichtes, ohne Sitzmöglichkeit einen Beschuldigten zu vernehmen, der mit einem Infusionsschlauch im Arm auf einem Krankenhausbett lag.

In der Regel installierte die Gerichtsschreiberin ihren Computer auf der Ablage für das Essenstablett und setzte sich aufs Bett, um das Protokoll zu tippen. Die anderen Anwesenden platzierten sich drum herum, wie die Heiligen Drei Könige.

Um zweiundzwanzig Uhr endlich stieß der letzte Haftrichter, der noch zugegen war, einen tiefen Seufzer aus und sammelte seine kleine Truppe, um den Boulevard du Palais zu überqueren. An Ort und Stelle erwarteten uns der Staatsanwalt und der Dolmetscher. Zu fünft traten wir also in das Zimmer des Ghanaer. Es herrschte eine Hitze zum Ersticken und stank nach Scheiße.

Während die Gerichtsschreiberin versuchte, ihren Laptop zu installieren, fragte ich den Dolmetscher, wie es eigentlich dazu kam, dass der Typ am Bahnhof von den PAF-Beamten kassiert wurde.

»Die schlucken ja nicht nur in Zellophan eingewickelte Dopekugeln, die führen sich auch noch mit Drogen gefüllte Latexwürste in den Anus ein, was ihnen so einen typischen Gang verschafft. Die Leute von der Luft- und Grenzpolizei orten die sofort.«

Der Ghanaer lachte die ganze Zeit vor sich hin, und das nervte mich.

Um ihn zum Schweigen zu bringen, ließ ich ihm durch den Dolmetscher ausrichten, dass er ins Gefängnis komme und dass ich zwar sein Rechtsanwalt sei, mich dem aber nicht widersetzen könne, da er nun mal keinerlei Garantie für irgendeine andere juristische Vertretung auf französischem Staatsgebiet geltend machen könne. Und das brachte ihn nur noch mehr zum Lachen. *»What is your utility, then?«*

Es stimmte ja, ich war in schwindelerregender Weise zu nichts nutze. Ich stand lediglich hier herum, weil Artikel 145 der Strafprozessordnung meine Anwesenheit gebot und andernfalls das Verfahren nichtig wäre. Ich stand für dreihundert Euro hier, weil ich keinen müden Fünfer mehr besaß.

Der Ghanaer wieherte, dass er sich die Seiten hielt. *»It's ridiculous!«*

Und dann hat er vor den von Grauen erfassten Justizbeamten begonnen, Ecstasywürste zu scheißen. *»Look, I shit the evidence!«*

Und ich habe mich verzogen.

Am nächsten Morgen wurde ich auf meinem Mobiltelefon vom Sekretariat des Kammervorstands einbestellt, das mich aufforderte, unverzüglich im Büro von Monsieur Gonzague Le Pelletier-Pouchard, dem Kammervorstand auf Bereitschaft, aufzukreuzen.

»Leibowitz, Ihnen ist jeglicher gesunde Menschenverstand abhanden gekommen, was ist nur in Sie gefahren?«

Ich schaute auf meine Füße.

»Meinen Sie nicht, dass Justizbeamte am Abend ebenfalls nach Hause wollen?«

Ich war bereit zu wetten, dass Monsieur Gonzague Le Pelletier-Pouchard noch nie einen Fuß über die Schwelle des Cusco gesetzt haben dürfte!

»Sie haben vier Personen den Abend gestohlen, nicht zu reden von Ihrem Mandanten, den Sie, streng genommen, im Stich gelassen haben.«

»Was wissen Sie denn schon darüber? Haben Sie etwa in

Ihrer Geschäftskanzlei an der Avenue Montaigne schon mal einen Typ empfangen, der Ihnen auf die Füße defäkiert?«

»Seien Sie auf ein vorläufiges Verbot der Berufsausübung gefasst. Und auf eine strenge Untersuchung zu Ihrer Person: Überprüfung der Betriebsausgaben, Besuch der Kanzlei … alles! Überdies habe ich mir sagen lassen, Sie hätten ein ernstes Alkoholproblem.«

»Was meine Betriebsausgaben angeht, so besitze ich nichts mehr, um sie begleichen zu können. Und was meine Kanzlei betrifft, so hab ich noch nie eine besessen. Das ist auch sicher der Grund, warum ich trinke.«

»Wenn ich Sie wäre, würde ich aufhören zu feixen. Ihre Tage im Kreise unserer Anwaltschaft sind gezählt. Das garantiere ich Ihnen!«

»In Ihren Augen finden doch höchstens die Strafrechtler Gnade, die all die miesen, korrupten hohen Tiere des Staates verteidigen, nicht wahr? Ich vermute mal, das liegt daran, dass Sie angesichts ihrer sagenhaften Honorare vor Neid sabbern. Aber die anderen, Leute wie mich, die nach Verlies riechen, die mögen Sie nicht, stimmts? Und trotzdem: Oh, wie leicht ändern Sie doch Ihre Meinung, wenn es darum geht, in den Zeitungskolumnen über irgendwelche erbaulichen Themen zu glossieren wie Verhöhnung der Unschuldsvermutung, Missbrauch der Untersuchungshaft … Apropos! Und Sie … bei den Unternehmenszusammenschlüssen und Fusionen, halten Sie es da auch mit der Unschuldsvermutung?«

»Strafverteidiger sind nichts als eine Bande von Gaunern, die Schande der Anwaltschaft!«

»Und Sie, Maître Le Pelletier-Pouchard, Sie sind für den

Anwalt, was der Pinscher für die Hunde ist: irgendein zitterndes und degeneriertes Etwas für alte Damen. Eine Anmaßung.«

Au weia, da hab ich mir gerade in den Arsch schießen lassen!, habe ich mir im Hinausgehen gesagt.

Artikel 1–3 der Standesordnung: *Würde, Ethos, Unabhängigkeit, Rechtschaffenheit und Menschlichkeit; Ehre, Pflichttreue, Loyalität, Feingefühl, Zurückhaltung, Höflichkeit, Selbstlosigkeit, Kollegialität und Takt sind für den Rechtsanwalt vornehmste Pflicht und bilden gemeinsam die wesentlichen Prinzipien des Anwaltsberufs. Die Verkennung auch nur eines einzigen dieser wesentlichen Prinzipien durch den Rechtsanwalt stellt für sich allein einen deontologischen Verstoß dar.*

»Menschlichkeit« und »Selbstlosigkeit« sind meine liebsten.

Ich mag auch »Takt« recht gern.

Ich lach mich schief!

Mein Entschluss, David Sellems Platz einzunehmen, war gefasst!

Und wie jedes verzweifelte Vorhaben musste es sofort umgesetzt werden, damit man ja nicht in Versuchung geriet, es sich noch mal zu überlegen.

Kaum hatte ich die Räumlichkeiten des Kammervorstands verlassen, rief ich diesen Marder von Lakdar an. Sein triumphaler Schrei wie auch die gleich darauf folgende tadellose Organisation des Ganzen waren mir Beweis genug, dass er bei dem Unternehmen weit mehr als nur ein jämmerliches Taschengeld einstrich.

Die Rechnung war einfach: Bei dem Überfall hatten sie zu viert zwanzig Millionen Euro ergattert, was fünf Millionen pro Kopf machte. Sellem überließ mir angeblich die Hälfte seines Anteils, zwei Millionen. Somit blieben noch fünfhunderttausend für Lakdar übrig. Mehr, falls die anderen zähneknirschend was rausgerückt hatten.

»Hör zu, Leibowitz, du hast die richtige Wahl getroffen. Ich beneide dich, Mann. Du wirst bequem Kohle machen, ohne Risiko, und in weniger als drei Jahren bist du wieder draußen. Wann willst dus steigen lassen?«

»So schnell wie möglich!«

»Sehr gut, das passt mir! Am Ende der Woche, geht das für dich? Heute haben wir Dienstag. Am Donnerstag nehmen wir den TGV nach Genf und übernachten dort. Freitag eröffnest du um neun Uhr ein Konto mit deiner Knete. Zurück fahren wir dann ebenfalls mit dem Zug.«

»Warum nicht das Flugzeug nehmen?«

»Weil es im Zug nie Überraschungen gibt. Genau um Viertel nach zwei werden wir in Paris sein. Vom Gare de Lyon bis nach Fleury brauchen wir im schlimmsten Fall eine Stunde, anderthalb, falls auf der A6 ein Unfall ist. Dort angekommen, verlangst du, Sellem und drei weitere Häftlinge aus der Abteilung 2 zu sehen, die man dann hochbringen wird. Die Idee dabei ist, dass der Rollentausch so um die vier Uhr dreißig, Viertel vor fünf erfolgt, also genau zu der Zeit, wo wir uns immer verdrücken sollen, weil die Schließer die Sprechzimmer zumachen wollen. Bis dahin hat man dir den Kopf kahl geschoren und dich mit 'ner Perücke im Stil deiner Topffrisur versorgt. Im Sprechzimmer tauschst du dann deine Klamotten mit denen von Sellem, und er setzt deine Perücke auf. Um sechzehn Uhr fünfzig wird Sellem die Abteilung 2 verlassen. Wenn er in der Rotunde ankommt, wird ihm der Schließer deinen Anwaltsausweis vor die Schnauze knallen, ohne ihn auch nur anzusehen, und dann geht er raus. Und du ...«

»Das klappt nie. Die Schließer werden gleich merken, dass ich nicht ihr Häftling bin, sobald sie seine Gefangenennummer und sein Foto überprüfen. Und außerdem hat Sellem in der Zwischenzeit einen viel zu langen Weg zurückzulegen, falls Alarm ausgelöst wird. Er muss den Flur nehmen, um aus der Zwei zur Rotunde zu kommen, warten, bis der Aufseher ihm meinen Anwaltsausweis gibt, und dann muss er durch den großen Flur für die Angehörigen, um aus dem Gefängnis zu kommen. Er muss die Wendeltreppe hinunter, die beiden Ausgangskontrollen passieren, den Parkplatz erreichen und dann noch die Bereitschaftspolizisten hinter sich bringen.«

»Er wird genug Zeit haben, weil die drei Häftlinge, die man hat hochbringen lassen, im Innern der Abteilung eine Riesenbambule veranstalten werden. Die lenken die Aufmerksamkeit der Schließer genau in dem Moment auf sich, wenn du in der Schleuse bist und die deine Gefangenennummer kontrollieren.«

»Ich bin kleiner als er und nicht so kräftig.«

»Im Trainingsanzug sieht man das nicht. Ich wette, dich wird niemand erkennen, bis du selbst Alarm schlägst. Und außerdem, wenns danebengeht, haben wirs wenigstens versucht. Er kann nicht mehr als lebenslänglich einfangen, und du, du kriegst auf jeden Fall dein Geld.«

Ich beendete die Verbindung.

Ich habe eine ganze Weile reglos das Telefon angestarrt: Die ganze Sache war bereits dermaßen konkret!

Wir hatten Dienstag. Freitag würde ich Millionär und im Knast sein.

Automatisch nahm ich meinen Terminkalender, um nachzusehen, was ich die kommenden Tage tun würde.

Dienstag: Morgens hatte ich einen Termin mit einem Richter, um den sichergestellten Wagen eines Typs zurückzubekommen, der eine portugiesische Putzfrau überfahren hatte; um dreizehn Uhr dann Mittagessen mit einer Frau, die von mir besprungen und geheiratet werden wollte, weil sie fünfunddreißig Jahre alt war. Nachmittags hatte ich einen Knastgang vorgesehen, um meine Klienten zu besuchen; La Santé, falls ich das Mädchen besprang. Fresnes, was etwas weiter weg von Paris lag, sollten wir als gute Freunde auseinandergehen.

Ohne viel Federlesens strich ich alles durch.

Mittwochmorgen: ein nicht verbindlicher Termin mit einem Schwurgerichtsvorsitzenden wegen der Vernehmung zur Person eines Typs, dessen Sache in ein paar Wochen zur Verhandlung anstand.

Meine Methode eben, das Terrain abzutasten und herauszufinden, wem ich die Stirn würde bieten müssen. Inzwischen war es mir allerdings vollkommen schnurz, den Urteilsspruch würde ich halt im *Parisien* lesen.

Mittags ein Termin mit dem Werkstattmeister, um das

gelungene Einfahren meines Miezensaugers zu feiern. Warum nur habe ich so viel Geld für diesen lächerlichen Wagen verplempert? Konnte ihm die Karre ebenso gut wieder zurückverkaufen. Würde meine Nebenkosten im Knast decken.

Mit einem Schlag kamen mir eine Menge praktischer Detailfragen in den Sinn.

Ich dachte an meine Wohnung und dann ans Geld. Wie würde ich im Gefängnis leben? Wer würde mir Kohle schicken, damit ich mich in der Kantine versorgen konnte? Sich um meine Angelegenheiten kümmern? Meine Pflanzen gießen? Wie verfahren eigentlich meine Mandanten vor einem krummen Ding? Für gewöhnlich besitzen sie nichts, und außerdem haben sie ja ihre Familie und ihre Kumpel. Und ich glaubte, so allein auf der Welt wäre ich unverwundbar!

Weil mir das Beispiel meiner Kundschaft überhaupt keine Hilfe war, begann ich über den Typ zu sinnieren, der seinen Selbstmord vorbereitet, Staub saugt, seinen Kühlschrank abtaut und seine Sachen von der Reinigung abholt, ehe er sich vor die Metro wirft.

Wenn ich Freitagmorgen jedoch zwei Millionen Euro bekam, was sollten mich da meine in der Reinigung zurückbleibenden Klamotten noch kratzen?

Und genau an dem Punkt erschien mir Bertrand als Lösung all meiner Probleme. Ich würde ihm eine große Geldsumme auf sein Konto überweisen, mit der ich dann meinen Unterhalt und meine Verteidigung bestreiten konnte. Ebenfalls würde ich den Zweitschlüssel meiner Wohnung für ihn in einen Umschlag stecken, damit er alles Nötige veranlasste, um sie weiter zu unterhalten. Und schließlich musste ich mir eine adäquate Garderobe für den Knast kaufen: nette Polohemdchen aus *fil d'Écosse* und bequeme Hosen; geschmackvolle Kleidung, welche sowohl meinen Mithäftlingen als auch meinen Richtern gefiel, die mich ins Verhör nehmen und über mich richten würden.

Leibowitz: internationale Klasse in jeder Lebenslage!

Im Grunde hatte das Ganze überhaupt nichts mit Selbstmord zu tun, nein, es hatte etwas von einer Metamorphose. Die graue Raupe, die fraß und fraß und ihren Kokon sponn, um im Frühjahr zum Schmetterling zu werden.

Ich rief das Dreizehn-Uhr-Mädchen an, um sie sofort zu bespringen, ehe ich in einem großen Warenhaus meine Besorgungen machte.

8

Die Sonne ist aufgegangen, und Aziz der Vergewaltiger sitzt noch immer in einer Zellenecke auf dem Boden und beobachtet mich.

»Bist du die ganze Nacht dort hocken geblieben?«

Mit ernster Miene antwortet er mir irgendwas auf Arabisch, das ich nicht verstehe. Es ist Zeit, dass wir uns von hier verdrücken. Dieser Stecher zieht mich voll runter.

Nach dem scheußlichen Frühstück ohne unsere Extras, Heidelbeerkonfitüre, Schoko-Pepitos und Orangensaft, machen wir uns, von unserem Schließer begleitet, in Reih und Glied zur Dusche auf.

Uns vieren gesellen sich sechs weitere Häftlinge hinzu, darunter drei Monstren von hundertdreißig Kilo mit Mördervisagen.

Schweigend gehen wir durch die Abteilung.

»Wir haben keine Handtücher«, mache ich den uns führenden Schließer aufmerksam.

»Halt 's Maul!«, erwidert er mir. »In den Gängen halten wir die Klappe, sonst mach ich 'ne Meldung.«

Im Duschraum angelangt – ein gelblicher, Salpeter ausschwitzender Raum, in dem rostige Rohre hin und her laufen, die reinste Rattentränke –, ziehen wir uns alle aus. Ich beobachte Aziz den Vergewaltiger; er ist schweißnass, ihm scheint nicht gut zu sein.

»Aufseher, ich glaub, ich muss reihern.«

»Ruhe! In einer Reihe an die Wand, oder ich mach ’ne Meldung.«

Er beginnt zu würgen. Es stimmt wirklich, er wird reihern.

»Scheiße noch mal! Aufseher!«, schreit der Schließer.

Ich werde mich nie an diese Leute gewöhnen, die sich untereinander nur »Aufseher« nennen, weil sie Angst vor Vergeltungsmaßnahmen haben, sind ihre Kunden erst einmal wieder entlassen.

Aziz fällt auf die Knie und hält sich dabei den Bauch, als hätte ihn jemand vergiftet. Scheiße, das muss ’ne Magen-Darm-Sache sein! Die werden wir uns allesamt einfangen, so was ist höllisch ansteckend.

Der Schließer verlässt den Umkleideraum, um seinen Kollegen zu holen, damit der Aziz schnurstracks in die Zelle zurückbringt, bevor er uns auf die Füße kotzt.

Aziz hebt den Kopf und sieht mich durchdringend an.

Schlagartig wird mir bewusst, dass hier irgendwas nicht normal ist. Doch da ist es schon zu spät! Einer der drei Unholde hat bereits eine Klinge aus der Tasche gezogen, während die zwei anderen sich in Formation verteilen, um mich am Ende des Raums zu isolieren. Und gerade als ich die Klinge auf meine linke Seite zuschießen sehe, schleudert mich ein gewaltiger Stoß gegen die Wand – ich schlage mit dem Schädel auf und breche zusammen.

Und wache mit heftigen Kopfschmerzen in einem Krankenhausbett wieder auf.

Ein stechender Schmerz in meinem Bauch erinnert mich jäh daran, was passiert ist: Jemand hat versucht, mich abzumurksen, doch ich bin immer noch da! Und ich bin noch immer in Fresnes, Beweis dafür ist die schwere Metalltür, die sich vor einem Arzt öffnet, der mich aus meiner Benommenheit reißt.

»Gehts?«

»Was ist passiert?«

»Es hat unter der Dusche eine Schlägerei gegeben. Sie haben einen Stich in den Bauch bekommen, mit irgendeinem scharfen Gegenstand ...«

»Ein Messer! Ich hab ein Messer oder 'nen Pfriem gesehen ...«

»Sie haben bloß eine tiefe Schnittwunde im Speck abbekommen und Sie haben das Bewusstsein verloren, als Sie gefallen sind.«

»Ich bin nicht gefallen, jemand hat mich zu Boden gestoßen.«

»Ein Typ ist tot, ein Albaner, die Waffe hat ihm die Halsschlagader durchbohrt. Niemand konnte mehr irgendetwas tun. Die Polizei ist gerade dabei, alle zu vernehmen, die mit Ihnen unter der Dusche waren, um herauszufinden, wie das Ganze losging.«

»Das war keine Schlägerei!«

»Wird aber nicht allzu viel bringen. Wir haben weder ein Messer noch sonst was gefunden. Das hat man wahrscheinlich in der Kanalisation entsorgt.«

Ein unbezähmbarer und dumpfer Schmerz steigt in meiner Brust auf, ich beginne zu weinen. Der dicke Dostom ist gestorben, als er mir das Leben rettete.

»Ruhen Sie sich aus. Ihr Anwalt wurde bereits benachrichtigt.«

Ich höre, wie sich die Tür schließt.

Weshalb nur habe ich eine solche Freude verspürt, als ich an jenem Tag mit Lakdar in den Zug gestiegen bin?

Ich hatte meinen Wagen verkauft, fünfzehntausend Euro auf Bertrands Konto überwiesen, mein Koffer war vollgestopft mit neuen Klamotten, ich brach ins Abenteuer auf.

Nach einer Reise in der ersten Klasse und reichlich mit Champagner abgefüllt – um diesen Marder zu ertragen, während er mich hartnäckig vollsalbaderte mit seinen abgeschmackten Anekdoten, die stets auf die gleiche Weise endeten: »Meine Fresse, Leibowitz, du wirst mir niemals glauben, wenn ich dir erzähle, wie viel Schotter ich bei diesem Coup gemacht hab!« Die extreme Armseligkeit seiner Konversationen war mir schon früher aufgefallen, doch es war das erste Mal, dass ich sie mir vier Stunden lang von vorne bis hinten antun musste, ohne flüchten zu können. Welche Tortur! –, nach all dem richteten wir uns also im Hotel du Rhône ein, zwei Schritte entfernt vom Place Bel-Air, dem Genfer Bankenviertel, mit dem Lakdar bestens vertraut schien.

Der Portier kannte ihn offenbar auch gut, weil er ihm nicht nur kriecherisch seinen »Maître Lakdar« gab, sondern dazu noch einen dicken braunen Umschlag aushändigte, mit der verständnisinnigen Miene eines Menschen, welcher regelmäßig ein dickes Trinkgeld kassiert.

Der Marder verschwand augenblicklich auf sein Zimmer, um ein paar Anrufe zu tätigen, um *bizness* zu machen, wie er nicht versäumte, mir gegenüber klarzustellen.

Was mich betraf, so legte ich meine Sachen in meinem Zimmer ab, ehe ich ausging, um durch die Straßen dieser Stadt zu schlendern, die ich nicht kannte. Es war gerade gegen Ladenschlusszeit.

Wir hatten herrliches Wetter. Ein von den umliegenden Bergen kommendes rosa Licht durchflutete die Stadt und ließ die Trambahnschienen in der Hauptstraße schimmern.

Dicke Saudis mit Armbanduhren voller Diamanten eilten zu ihren Hotels, gefolgt von in schwarze Tücher gehüllten Frauen, die Arme beladen mit Tüten von Dior, Armani und Gucci. Auf den Caféterrassen entlang der Rhône saßen Barbies mit Brüsten wie Granaten und unterhielten sich angeregt vor einem Tee nebst einem sehr kleinen und sehr teuren Stück Kuchen.

Die Juweliere holten die diamantbesetzten Ringelchen und Colliers und die Armbanduhren ohne Preisschild wieder aus ihren Vitrinen.

Genf war eine herrlich obszöne Stadt, bevölkert von sehr reichen Leuten sowie von jenen, die dafür bezahlt werden, Erstere zu bedienen.

Ich hielt bei Davidoff, wo ich der letzte Kunde des Tages wurde. In einer Atmosphäre wie in einem Orchideengewächshaus boten sich mir Tausende verschiedener kubanischer Zigarren in ihren Kistchen in den Farben der Tropen feil. Ich entschied mich für eine Kiste dicker Torpedos zu tausend Euro und ließ mir dabei von dem Verkäufer schmeicheln, der mir mit Schweizer Akzent ins Ohr säuselte, ich hätte da eine ausgezeichnete Wahl getroffen.

Dann schlug ich die Richtung einer sehr behaglichen Bar ein, bevölkert von Libanesen und jungen Raubtieren der Finanzwelt mit dem gebräunten Teint von Menschen, die ihre Wochenenden im Segelboot auf dem See verbringen.

Ich nahm mir ein Männermagazin mit dem reißerischen Aufmacher *Ich lebe mit einer Nymphomanin zusammen –*

zehn Männer berichten von ihren Erfahrungen und ließ mich auf einer Art vergoldetem, mit Zebrafell bezogenem Thron von sehr schlechtem Geschmack nieder. Dort zündete ich meine Zigarre an und bestellte mir eine Caipirinha mit einer doppelten Dosis Cachaça. Ich war mir bewusst, dass das Ganze die totale Karikatur war, vor allem im Hinblick auf meine zukünftige Situation, doch sah ich, dass es gut war, wie es in der Bibel heißt.

Unglücklicherweise tauchte plötzlich Lakdar in Begleitung zweier tadellos in Schale geworfener Typen mit mattem Teint und umso glänzenderem schwarzem Haar auf und besudelte diesen Moment der Glückseligkeit.

Drei Brüder, hätte man meinen können. Selbstverständlich übernahm niemand das Bekanntmachen, doch ich begriff auch so, dass es sich um die Typen handelte, mit denen Sellem den Geldtransporter der Banque de France überfallen hatte. Ihre Namen zu wissen, hätte mich nur zusätzlich in Gefahr bringen können.

Ein Araber und zwei Juden.

Wenn man sie so sah, fragte man sich wirklich, warum diese beiden Völker sich seit so langer Zeit was aufs Maul gaben.

»Woher wussten Sie, dass ich hier bin?«

»Du bist ein drolliger Kerl, Leibowitz!«, meinte Lakdar, während er mir auf die Schulter klopfte.

Dafür hatten seine beiden Freunde gar nichts Lustiges an sich.

»Stimmt wirklich, dass er ihm gleicht!«

»Er ist kleiner!«

Die beiden Typen taxierten mich mit dem gleichen Interesse, das ein Tischler einem Zapfen widmet, welchen er für eine Nut bestimmt.

Lakdar klaute mir eine Zigarre, ohne dass ich ihn dazu eingeladen hätte.

»Unsere beiden Freunde hier werden uns während der ganzen Aktion begleiten, von der Bank bis nach Fleury«, erklärte er mit vollem Mund. »Ist ja nicht so, dass man dir nicht vertraut, aber gut, es sollte ja trotzdem nicht sein, dass du verduftest mit zwei Millionen auf deinem Konto. Komm, wir machen 'nen Abflug. Ich hab einen Tisch in einem Privatclub reserviert.«

Und schon sah ich mich unterwegs zu einer Zechtour mit drei Ganoven, die zehn Jahre jünger waren als ich, schlank, gut gekleidet, reich und gefährlich. Ich spürte es deutlich, mein Platz war der des braven Volltrottels, den man sich den ganzen Abend lang aufhalsen muss, weil er als Einziger eine Karre besitzt.

Lakdar hatte eine dermaßen topisch anmutende Luxusnuttenbar gewählt, dass ich mich in der Deko eines Rapper-Clips auf MTV wähnte. Ein außergewöhnlich ordinärer Ort samt Leopardenplüschsofas und sonstigem Mobiliar, bei dem ein Saudi vor Neid erblasst wäre, sowie hier und da verteiltem griechischem Stuckkrempel. Junge Mädchen, bewundernswert gut gebaut, rieben sich an ebenso reichen wie unehrlichen Geschäftsleuten vom Golf oder aus Osteuropa, während diese Poker spielten. Es gab welche für jeden Geschmack: Schwarze, Asiatinnen, falsche und echte Blondinen, doch allen gemeinsam war ihre Begehrlichkeit nach Geld, dem sie mit glänzenden Augen nachschauten, wenn es auf dem Tisch bündelweise den Besitzer wechselte.

Genau genommen erregten mich in dieser Atmosphäre gar nicht diese schönen Huren an sich. Keineswegs! Sondern vielmehr der Umstand, dass es mir möglich war, sie zu nageln, sie für Kohle plattzumachen. Denn hier herrschte eine Atmosphäre völliger Straffreiheit, verknüpft mit dem Umstand, dass die meisten Gäste aus irgendwelchen windigen diplomatischen Corps stammten oder aus solchen Kreisen wie die von Lakdars beiden neuen Kumpeln.

»He, Leibowitz, such dir deine Nutte aus, ich löhne!«

»Nein, danke!«

»Spielst deine Pissnelkennummer! Du bist wirklich ein ulkiger Kerl, du!«

Dieser Ort hier war absolut nicht geschaffen für gestörte Intellektuelle wie mich.

Nachdem ich fünf oder sechs Gläser getrunken und binnen weniger Runden die fünftausend Euro verloren hatte, die mir noch in der Tasche geblieben waren, beschloss ich, in mein Hotel zurückzukehren, um einen Abend auf meinem Niveau zu verbringen, zwischen dem Porno vom *Pay-per-View* und den Fläschchen der Minibar.

Ein schlaftrunkener Angestellter händigte mir an der Rezeption die Schlüssel aus. Als ich dann die Tür öffnete, welche ich für die meines Zimmers hielt, erkannte ich an den überall herumliegenden Kleidern, dass es sich nicht um meines, sondern um das Zimmer von Lakdar handelte.

Auf dem Leuchtertisch des kleinen Salons lenkte der braune Umschlag, den der Portier ihm bei unserem Eintreffen überreicht hatte, sogleich mein Augenmerk auf sich.

Ich leerte den Inhalt aus. Es handelte sich dabei um Kontoauszüge auf die Namen unterschiedlicher Personen, von denen mir manche nicht unbekannt waren, weil ich ihnen im Rahmen meiner Zusammenarbeit mit dem Marder bereits begegnet war. Daneben gab es noch von denselben Personen unterschriebene Vollmachten auf Lakdars Namen.

Eigentlich hätte ich ahnen müssen, dass Lakdar, zu allem Übrigen, für seine Kundschaft auch noch den Kofferträger spielte. Sollte er per Zufall vom Zoll kontrolliert werden, brauchte er bloß die Schweigepflicht vorzuschieben, um eine Durchsuchung zu verhindern und die Beträge auszuführen, die er dabeihatte.

Ich weiß nicht, wie und weshalb ich auf den Gedanken kam, doch mit einem Schlag erschien es mir unbedingt geboten, mir eine Kopie von dem Kram zu beschaffen.

So fragte ich den Empfangsmenschen nach einem Kopierer, den er mir, ganz der an die nächtlichen Schrullen von Geschäftsleuten gewöhnte Profi, mit lascher Hand zeigte. Nach erfolgter Ausleihe brachte ich die Papiere wieder zurück an ihren Platz.

Ich entschied, alles an Bertrand zu schicken.

Ich stopfte die Kopien, um sie vor Einsicht zu schützen, in ein Kuvert und hinterließ auf selbigem einen kleinen absonderlichen Vermerk, worin ich Bertrand bat, es nicht zu öffnen, sondern bestmöglich zu verstecken, und meine Pflanzen zu gießen. Anschließend steckte ich das Kuvert in eine an ihn adressierte große Versandtasche. Und im selben Schwung tat ich auch noch meinen Wohnungsschlüssel mit hinein.

Er würde das Ganze spätestens am Montag erhalten, und am Montag würde ich im Gefängnis sein.

Daraufhin suchte ich wieder mein Zimmer auf.

Nachdem ich gut fünfzehn Minuten brauchte, um zu verstehen, wie das Programm des Bezahlsenders gelesen werden musste, kapierte ich endlich, dass ich die Wahl hatte zwischen *Hip Hop Sexnonstop, Muschiquartett, Herrin Alexandra 7* und *Neunzehn und für alles offen.*

Ich entschied mich für den letzten.

Trübseligen Blicks und ein Fläschchen schlechten Rums schlürfend, sah ich der jungen Cora zu, wie sie sich bearbeiten ließ, bis mich die Fernsehuhr darauf aufmerksam machte, dass bereits dreißig Minuten verstrichen waren, ohne dass mich der Gedanke, meinen Pimmel herauszuholen, auch nur flüchtig berührt hätte. Schlagartig wurde mir klar: Ich verbrachte gerade meine letzte Nacht in Freiheit, und es wäre doch schade, sie einfach so zu verplempern und darauf zu warten, dass mich endlich die Lust überkäme, mir einen runterzuholen.

Also beschloss ich, erneut auszugehen.

Nachdem ich eine Weile durch die menschenleeren Straßen geschlendert war, ließ ich mich am Seeufer nieder, um einen Prügel zu rauchen und großen, fetten und schlaflosen Schwänen herumliegende alte Brotstückchen zuzuwerfen.

Nur Geduld, sagte ich mir, das ob der Vortrefflichkeit meiner Seele verdiente Glück ist bald so weit!

Ich musste wie ein Penner auf dem Boden eingeschlummert sein, als mich der Vibrationsalarm meines Mobiltelefons aus dem Schlaf riss.

»Verdammt! Leibowitz, wo steckst du? Hast du dich abgesetzt?«

»Nein, nein!«

»'tschuldige, dass wir dich stören, aber wir haben ein strammes Programm.«

Ich ging in meinem Zimmer vorbei, um die letzte Dusche vor meinem Golgatha zu nehmen, und begab mich dann in das von Lakdar, wo die beiden Spießgesellen David Sellems mich mit einer Haarschneidemaschine erwarteten.

Hatte ich ganz vergessen!

»Ist das wirklich nötig? Ich werd potthässlich aussehen«, meinte ich nicht sehr vertrauensvoll, als ich sah, wie einer der beiden Mörder nur wenige Zentimeter vor meinem Gesicht mit dem Gerät herumfuchtelte.

»Du musst mit genauso geschorenem Schädel wie Sellem in die Schleuse rein, sonst werden die Schließer glauben, ihm wär'n in der Sprechzeit Haare gewachsen«, gluckste Lakdar.

Woran erkennt man einen echten Blödarsch?

Daran, dass er über seine eigenen Witze lacht.

»Anschließend ziehst du das hier über«, sagte er, indem er ein paar Kleidungsstücke aus einer Tasche holte. »Die Sachen sind dehnbar, sie werden euch beiden passen. Wegen dem Saum krempelst du einfach die Hosenbeine etwas um. Und was die Schuhe angeht, da hat er Größe vierundvierzig, und du?«

»Vierzig.«

»Dann wechselst du die Latschen erst im Auto, direkt bevor du ins Gefängnis reingehst. Wir haben Campers genommen, bei denen brauchst du bloß die Schnürsenkel ganz fest zuziehen, damit du sie nicht verlierst ...«

Und ich hatte für den Tag eine gut sitzende, kleidsame Leinenhose und ein gestreiftes Pullöverchen vorgesehen.

Der Friseur trat einen Schritt zurück, um sein Werk zu begutachten.

»Stimmt schon, dass er hässlich ist!«, meinte der andere sorgenvoll.

»Ihr seht ja, dass ich ihm gar nicht gleiche!«

»Aber nein, nicht doch, ihr werdet sehen, das geht schon! Jetzt duschen wir ihn mal, und dann ist er einwandfrei!«

Wieder im Badezimmer, entdeckte ich im Spiegel meinen neuen Schädel. Was ich da vorfand, ließ mich lächeln: Ich sah aus wie ein in Bau befindlicher Pudel, nicht wie ein Ganove. Das Ganze war grotesk!

Jenseits der Tür krakeelte es.

Beim Anblick meines geschorenen Kopfs waren die beiden Bankräuber mächtig in Zweifel geraten und wollten die Sache abblasen. Lakdar musste sein gesamtes Talent als Anwalt aufwenden, um sie davon zu überzeugen, dass die Operation ein totaler Erfolg werden und niemand was merken würde. Er scheute nicht mal davor zurück, ihnen zu versprechen, dass er ihnen seinen Anteil zurückgeben würde, sollte die Sache in die Hose gehen.

Beeindruckend! Dieser Typ war wirklich bereit, egal was zu verzapfen, nur um zu bekommen, was er wollte.

Jemand klopfte an die Zimmertür, und die Unterhaltung erstarb im Nu.

Dann hörte ich Patscher auf Rücken, virile Begrüßungsgeräusche. Offenbar hatte sich ein dritter Ganove zu uns gesellt.

Als ich aus dem Bad kam, war wieder Ruhe eingekehrt.

Ein Koloss von zwei Metern, Sorte Mossad-Agent, fixierte mich sofort. »Lakdar, sag mir, dass das ein Witz ist.«

»Nein, er ists wirklich.«

»Da brauch ich die zwei Millionen Euro von meinem Cousin doch bloß ins Klo werfen, und wir reden nicht mehr drüber!«, meinte er und schwenkte das Köfferchen, das er in der Hand hielt.

»Sieh ihn dir mal ganz genau an. Er steht im Gegenlicht.«

Lakdar packte mich am Arm und zog mich, als wäre ich ein Balg von vier Jahren, dem man den Hosensaum absteckt, ins Helle.

»Gut, stimmt, es besteht 'ne Ähnlichkeit, aber der da ist doch kleiner, rachitischer, und außerdem sieht er … ich weiß nicht … irgendwie hinüber aus.«

»Harmlos?«, meinte ich beleidigt.

»Joh! Genau, harmlos. Aber sag mal, haben wir zwei uns nicht schon mal gesehen?« Der Koloss musterte mich mittlerweile auf äußerst eindringliche Weise.

»Nein, ich glaub nicht.«

»Doch, doch, ich bin mir sicher, weil ich mir nämlich just an dem Tag noch gesagt hab, wie mordsähnlich du meinem Cousin siehst.«

»Kennst du ihn?«, fragte mich Lakdar.

»Nein, wir sind uns noch nie begegnet! Wissen Sie, wir können uns ja mal zufällig über den Weg gelaufen sein, und Sie, Sie haben mich gerade deshalb bemerkt, weil ich eben David gleiche.«

»Joh, vielleicht ists so.«

Selbstverständlich hatten wir uns schon mal gesehen. Zwar hatte er binnen fünf, sechs Jahren das Doppelte an Volumen zugelegt, doch ich erkannte ihn sehr wohl wieder. Es handelte sich um den Typ, über den das Gerücht ging, Lakdar hätte ihn bei der Goldbarrengeschichte um hunderttausend Euro geleimt. Für gewöhnlich behielt ich keinen einzigen Namen, erinnerte mich jedoch, dass dieser hier irgendwas Besonderes hatte, das mich aufmerken ließ. Nur was? Es fiel mir nicht mehr ein.

»Und wer sagt mir, dass er nicht alles vermasselt und die Kohle behält?«

Weil ich zum Beispiel keine Lust habe zu sterben, sagte ich mir, während ich seinem argwöhnischen Blick standhielt. Die gingen mir so langsam auf den Wecker damit, dass sie ständig über mich redeten, als wäre ich gar nicht da. Allesamt!

»Dein Cousin hat ihn ja gesehen, und der glaubt hundert Pro an die Sache«, meinte Lakdar.

»Ich würd ihn lieber während 'ner Ausführung befreien.«

»Wir können anderthalb Jahre warten, wenn du das willst. Die nächste findet erst bei seiner Berufungsverhandlung statt. Außerdem ist es gefährlich.«

Unentschlossen fixierte der Koloss uns vier. Dann, nach einigem Überlegen, warf er sein Köfferchen wortlos auf den Tisch des kleinen Salons und stapfte zur Tür hinaus.

Stille herrschte. Die Szene hatte eine feierliche Note angenommen.

Die drei Männer gruppierten sich um das Leuchtertischchen, als vollzögen sie einen schon soundso oft wiederholten heidnischen Ritus.

Nach einer Weile innerer Sammlung öffnete einer von Sellems Männern das Köfferchen mit theatralischer Geste. »Da drin sind viertausend Fünfhundert-Euro-Scheine! Du kannst nachzählen, wenn du willst.«

Ich spürte, wie drei Augenpaare meine Reaktion belauerten.

Eigentlich hatte ich damit gerechnet, dass ich mit beiden Händen in diese Scheine greifen würde, so gierig wie ein Spieler in Las Vegas angesichts eines von Münzen überquellenden Jackpots, aber ich blieb regungslos. Wider alle Erwartungen kam mir beim Anblick dieser rosa Bündel Fünfhunderter bloß ein einziges Bild in den Sinn: nämlich das einer Schachtel Mon-Chéri-Pralinen. Eine preiswerte und etwas widerliche Leckerei.

Ich schaute sie alle drei an: Sie stellten ein albernes Lächeln zur Schau, so sehr freuten sie sich für mich. Plötzlich hatte ich Lust, sie in meine Arme zu schließen wie Kinder, die ihr Letztes hergegeben hätten, um mir ein vollkommen unverhältnismäßiges Geschenk zu machen. Und ihnen jede Menge sehr komplizierter Dinge zu erklären: dass die Liebe zum Geld die Angst vor dem Tod überdecke; dass sie die Antwort auf das Sehnen und Trachten einer unreifen, von der Augenblicklichkeit faszinierten Gesellschaft sei; dass der Mensch mit dem Geld vergeblich versuche, die Ängste der *Conditio humana* zu bezwingen.

Alles hätte hiermit sein Bewenden haben können. Ich hätte sagen können: »Hört zu, das Ganze ist ein Missverständnis, lasst uns alles abbrechen und jeder für sich nach Hause gehen!«

Doch wären sie dann dermaßen enttäuscht gewesen …

Und wenn ich nur eingewilligt hatte, bei diesem faulen Coup mitzumischen, um drei Debile nur ja nicht zu enttäuschen, denen ich, überließe mir jemand die Wahl, nicht einmal die Hand drücken würde?

Lakdar und ich haben uns sodann zur Dresdner Private Banking begeben, wo uns ein liebenswürdiger Herr, welcher eine ganz und gar helvetische Neutralität und Diskretion zur Schau stellte und auf den Namen Otto Hemschwiller hörte, an der Tür eines Fahrstuhls ohne irgendeinen Etagenknopf erwartete.

Er führte uns in einen kleinen Besprechungsraum, wo uns zwei Kaffee und eine Untertasse voller mit Gebirgsmotiven bedruckter Schokoladentäfelchen erwarteten.

Lakdar stellte mich als einen seiner engen Mitarbeiter vor, der ein Konto eröffnen und ein wenig Geld darauf einzahlen wolle.

»Selbstverständlich, kein Problem«, meinte Monsieur Otto zu mir und schien dabei mit Derartigem überaus vertraut. »Und eine Einlage in welcher Höhe möchte der Herr tätigen?«

»Eine Million fünfhunderttausend Euro«, gab Lakdar von sich, während er das Köfferchen auf den Tisch stellte. »Und zudem werden Sie die restlichen fünfhunderttausend auf mein Konto einzahlen.«

»Was?«

Ich war baff.

»Ja, werter Kollege, ich habe meine kleine Provision auf dieses Geschäft noch nicht erhalten. Es ist nämlich vereinbart, dass man mich erst bei Lieferung bezahlt. Unter uns, so etwas ist nie sicher.«

Was für ein verdammtes Arschloch ohnegleichen!

»So war das aber ganz und gar nicht vorgesehen!«

»Aber da besteht doch überhaupt kein Problem. Wenn Sie unsere Angelegenheit zum Erfolg geführt haben und ich von unseren Klienten bezahlt worden bin, lasse ich die fünfhunderttausend Ihrem Konto gutschreiben. Sie können auf mich zählen.«

Ich kochte vor Wut. Hätten meine Augen Säure verspritzt, wäre Lakdar bloß noch rauchende Schlacke gewesen.

»Eine Million fünfhunderttausend Euro also?«, äußerte der Banker unschuldig, den Füller über dem Einzahlungsschein in der Schwebe.

»Wollen Sie vielleicht von dem Vertrag zurücktreten?«

»Nein!«, erwiderte ich mit zusammengebissenen Zähnen. »Also meinetwegen, eineinhalb Millionen, und die restlichen fünfhunderttausend bei Lieferung.«

Soll stillschweigend heißen: die fünfhunderttausend, die ich mir in den Arsch schieben konnte, wäre ich erst mal im Knast.

Otto nahm wortlos das Köfferchen an sich, schickte sich dann an, ein paar Papiere abzuzeichnen, und teilte mir endlich eine Nummer zu, die ich tunlichst auswendig lernen sollte und die, so erklärte er mit Schweizer Zungenschlag, mir weltweit in sämtlichen Niederlassungen der Dresdner sozusagen als Pass diene. Daraufhin kam mich eine Hostess abholen, um mich, während Lakdar seine Geschäfte regelte, in einen weiteren kleinen Raum identisch mit dem ersten zu bringen, wo mich ein weiterer Kaffee mit den gleichen Schokoladentäfelchen erwartete.

Dort musste ich mich schwer zusammenreißen, um nicht alles kurz und klein zu schlagen.

»Komm, zieh keine Fresse. Eins Komma fünf Millionen ist doch noch immer viel Geld. Das macht neuneinhalb Millionen Franc«, meinte er im Fahrstuhl und klopfte mir dabei auf den Rücken.

»Du hast deinen Moment richtig abgepasst, ganz typisch für die beschissene Ratte, die du bist. Ich mag es gar nicht, so trocken gefickt zu werden!«

»Ratte? Maghrebratte? Endlich beziehst du mal klar und deutlich Stellung als der Jude, der du bist. So ist recht!«

Am Ausgang der Bank warteten die beiden Kompagnons von Sellem in einem Taxi.

Der Bahnhof, dann der TGV.

Kaum waren wir im Hochgeschwindigkeitszug, fing der Marder an, ein Telefonat nach dem anderen zu führen, wobei er mit dem Handy bei jeder Netzunterbrechung wie ein Geistesgestörter im Waggon auf und ab lief.

Ich für meinen Teil saß mit meiner Zigarrenkiste zu tausend Euro auf dem Schoß als einzigem Gepäck da, denn ich hatte meine ganzen schönen neuen Sachen im Hotel zurücklassen müssen. Und ich zog ostentativ eine Fresse.

Vor mir, reglos wie zwei Sphinxe: meine Aufpasser.

Ich wünschte Lakdar den Tod an den Hals.

Nicht wegen der fünfhunderttausend Euro, die er mir abgeluchst hat, sondern weil er die ganze Magie zunichte machte, die ich unbewusst in diese Operation hineingelegt hatte. Eine Reise, ein Köfferchen, eine Geschichte mit *happy end* und *happy faces,* wie die Schwachköpfe von TV-Unterhaltern sagen.

Jetzt war es ein simples Gaunerding geworden.

Eins mehr.

Ich schaute durch das Fenster, wie die Landschaft dahineilte, und warf von Zeit zu Zeit einen Blick auf meine beiden Sträflingsaufseher, die seit unserer Abfahrt noch nicht einmal den Mund aufgemacht hatten.

Mit den von volkstümlichen Bilderbogen transportierten Vorstellungen von Ganoven, diesen fidelen und manchmal sogar glamourösen Typen, hatten die hier nicht mal entfernt was zu tun. Es waren finstere Kerle, ständig auf Anschlag, aus Furcht, verraten zu werden oder einen neuen Coup zu vermasseln, und so fröhlich wie Heroinsüchtige.

Ich hätte meine Hand dafür ins Feuer gelegt, dass Sellem, wäre er erst einmal draußen, mit den ihm verbleibenden Millionen kein Leben unter Kokospalmen wollte, so als hätte er im Lotto gewonnen. Vielleicht würde er einen Teil in ein Geschäft in Israel investieren und den Rest so schnell wie möglich auf den Kopf hauen, um danach endlich wieder auf Abenteuer loszuziehen.

Und ich, was würde ich mit meinen Mon Chéri anfangen?

Deprimiert und um Ideen verlegen, entschied ich, zwischen zwei Waggons einen Prügel zu rauchen. Als ich bloß Anstalten machte, mich zu rühren, standen meine beiden Wachhunde augenblicklich auf.

»Ich geh da rüber, in den Verbindungsteil, 'ne Zigarre

rauchen«, erklärte ich, indem ich auf den Notsitz zeigte, den sie von ihrem Platz aus genau im Auge hatten. »Weiter kann ich ja nicht, dahinter ist die Lok. Und während der Fahrt kann ich auch nicht abspringen.«

Sie haben sich angesehen und dürften sich irgendwas per Telepathie mitgeteilt haben, weil sie sich in einer einzigen synchronen Bewegung wieder hinsetzten.

Auf meinem Notsitz zündete ich mir die Zigarre an und ließ meine Fantasie schweifen. Der Identitätswechsel … meine Verhaftung … Journalisten würden sich überstürzen, um meiner Verhandlung beizuwohnen … ein von Kollegen schwarzer Gerichtssaal … das Buch, das ich in der VIP-Abteilung der Santé schreiben würde …

Mit einem Schlag zerplatzten meine Träume wie Seifenblasen und machten einem Namen Platz, der unermesslich groß und überdeutlich in meinem Hirn Gestalt annahm. Barsamyan. Samuel Barsamyan! Der armenische Jude. Da war er ja, der Name von Sellems Cousin! Er hatte mich irgendwie frappiert, dieser Name. Genau wie Leibowitz-Berthier – eine historische Monstrosität. Unglaublich, dass ich mich daran erinnerte!

Der Mercedes mit getönten Scheiben, der uns am Gare de Lyon erwartet hatte, brachte uns in einem Rutsch nach Fleury. Am Steuer war der Haus- und Hofchauffeur des Marders, offensichtlich ein pakistanischer Leibeigener und zweifelsohne taubstumm, den er irgendwann mal beim Spiel gewonnen haben dürfte.

Unterwegs montierte ich mir die Perücke auf den rasierten Schädel, die mich mit dem Foto auf meinem Anwaltsausweis in Übereinstimmung bringen sollte, und wechselte die Schuhe. Außerdem steckte ich die Besuchserlaubnis für Sellem und drei weitere auf meinen Namen ausgestellte Scheine für irgendwelche Typen ein, die ich noch nie gesehen hatte.

Wir bogen auf den Parkplatz, und der Chauffeur fuhr einmal ganz rundherum, um den Wagen schließlich in zweiter Reihe zu parken, Richtung Ausfahrt und so nah wie möglich bei den Bereitschaftspolizisten, die vor der Einfahrt einen Kordon bildeten.

Ich saß im Mercedes hinter Lakdar und beobachtete ihn insgeheim. Er schaute ständig auf seine Armbanduhr, und Schweißtropfen perlten ihm im Nacken.

Er hatte Angst.

Sollte ich mein Maul nur ein paar Minuten zu früh aufmachen, würde Sellem schlicht und einfach samt seinen beiden Spießgesellen gekascht werden, wo diese es doch bislang so fein geschafft hatten, sich aus der Affäre zu ziehen. Und was Lakdar betraf, so würde er wegen Beihilfe zur Flucht und Begünstigung eingelocht. Tatsächlich war er noch nie ein solch hohes Risiko eingegangen.

Ich konnte mir ein Lächeln nicht verkneifen, als ich sein rattiges Abbild im Rückspiegel erhaschte.

»Was bringt dich so zum Lachen, Leibowitz?«

»Eins ist mir ganz klar: Wäre ich verheiratet gewesen, hätte ich 'ne Frau, ein Balg oder sogar 'ne Mutter zum Umnieten gehabt, dann hättest du mir auch nicht einen Cent gezahlt, damit ich mich für das hier hergebe.«

Anscheinend musste ich eine empfindliche Stelle getroffen haben, denn er hat mich mit großen Fischaugen angeglupscht, ohne dass ihm auch nur ein Ton zur Antwort eingefallen wäre.

»Schon möglich«, meinte er schließlich und verstellte den Rückspiegel, damit er mich nicht mehr sah.

Plötzlich klimperte jemand gegen unsere Scheibe, was uns alle hochschrecken ließ. Sellems Cousin! Dürfte den Flieger nach Orly genommen haben. Wahrscheinlich stieß er zu uns, um sich bei dem Ausbruch einen Logenplatz zu sichern. Das war zu schön! Meine Rache wurde mir auf dem Tablett serviert.

Nervös öffnete Lakdar das Fenster, um mit ihm zu reden.

»Um sechzehn Uhr gehts los!«

Ich öffnete meines ebenfalls. »Barsamyan! Genau, jetzt fällts mir wieder ein! Dein Name lautet Samuel Barsamyan. Weißt du, wie ich mich dran erinnert hab? Weil ich nämlich ebenfalls gerade von Lakdar trocken gefickt worden bin. Aber, weißt du, ich hab nicht so viel Schwein gehabt, von mir hat er fünfmal mehr abgezockt als von dir.«

Der Marder hatte sich auf seinem Sitz umgedreht: Ich hatte einen Bombenkracher gelandet.

»Aber sicher, denk doch mal nach. Als du diesem Preckskerl hunderttausend Euro bezahlt hast, damit er 'nen Richter kauft, den Richter Martin. Weißt du, dass der sowieso schon entschieden hatte, dich wieder rauszulassen? Und dir außerdem noch dein Geld zurückgeben wollte? Ich weiß darüber so genau Bescheid, weil ich nämlich den Kumpel verteidigt hab, der dir seine Karre geliehen hatte. Weißt du, dass er später mit seinem Arschlochcoup überall rumgeprahlt hat, unser Dalil-gar-nicht-schön? Und ich bin sicher, dein Gold hat er auch noch ein bisschen besteuert. Täusch ich mich?«

Seiner Fresse nach zu schließen, hatte ich ins Schwarze getroffen.

Was wieder mal beweist, dass in Gerüchten stets ein Kern an Wahrheit steckt.

Dann bin ich, ganz Erhabenheit, aus dem Auto gestiegen und habe meine Kiste Prügel einfach im Fond des Mercedes zurückgelassen. Und ein richtiges Gemetzel dazu.

Ohne mich umzudrehen, marschierte ich unter den großen Pappeln geradewegs zum Eingang der Haftanstalt, wobei ich recht und schlecht versuchte, in meinen viel zu großen Schuhen die Würde zu wahren.

Und dann hat ganz Fleury zu tröten begonnen.

Es gab einen Alarm, wie es deren Hunderte gibt, und ich kam nicht hinein.

Ich wartete noch ein paar Minuten vor der großen Pforte, doch je mehr Zeit verstrich, desto enger wurde es.

Um sechzehn Uhr fünfzehn machte ich kehrt und ging wieder zum Wagen.

Als ich dort ankam, stand Lakdar mit dem pakistanischen Chauffeur neben seinem hübschen Mercedes.

»Du, du steigst ein«, meinte Barsamyan schroff zu mir.

»Wohin fahren wir?«

»Ins Hotel. Morgen früh versuchen wir den Coup noch mal, um halb elf.«

»Sieh an, der Alarm hat aufgehört.«

»Du hast recht gehabt, die Sache abzublasen. Morgen ist Samstag, da werden die Schließer noch weniger aufpassen.«

»Und er?«

»Er? Er geht zu Fuß nach Hause. Er bringt mir morgen

die Kohle wieder, die er mir schuldet, sonst niet ich ihn um.«

»Die hunderttausend Euro?«

»Plus Zinsen und Bußgeld. Er verdient 'ne gebührenpflichtige Verwarnung.«

»Und ich? Wirst du mich umnieten?«

»Nein, du wirst meinen Cousin rausbringen.«

»Und danach?«

»Niet ich dich nicht um.«

Ich glaubte ihm.

9

Lakdar war es, der dann ein Kopfgeld auf mich ausgesetzt hat.

Er hat den Typ bezahlt, der seine Matratze direkt gegenüber von unserer Zelle in Brand steckte, wie auch diejenigen, die mich unter der Dusche abstechen wollten.

Er hat sich dafür gerächt, dass er an jenem Tag, als Barsamyan ihn einfach wie ein Stück Scheiße, das er ja ist, auf dem Parkplatz hat stehen lassen, durch mich das Gesicht verlor.

Alles ist meine Schuld. Ich habe diesen Dreckskerl unterschätzt, und mein Freund Dostom ist meinetwegen gestorben. Ich bin so voller Hass, dass ich trotz der Schmerztabletten, mit denen die Ärzte mich vollstopfen, keine Ruhe finde. Mir steckt ein riesiger Kloß in der Kehle, eine brennende Kugel im Magen; Ausdruck meiner Ohnmacht, ihm nicht auf der Stelle ans Leder gehen zu können.

Eine Erinnerung treibt mich um, sobald ich die Augen schließe. Aus einer Reihe von Filmchen zum Neujahrsfest, die ich vor einiger Zeit im Fernsehen gesehen habe.

Ein kleiner Albaner, allerhöchstens sechs Jahre alt und blond wie Dostom, nähert sich, rittlings auf seinem Esel, langsam der Kamera. Sein Gesicht ist bereits von der Sonne gegerbt, und statt Kleidung trägt er so was wie einen Kartoffelsack aus Jute, der um die Taille von einer Schnur zusammengehalten wird.

»Ich wünsche mir für das neue Jahr, dass sich mein Esel in ein Motorrad verwandelt.«

Alles, was Dostom wollte, war ein schönes Leben, doch es hat ihm nicht die geringste Chance gelassen. Als wir uns kennenlernten, war er gerade in Untersuchungshaft gekommen, nachdem ihn sein Miststück von Frau bis zum Gehtnichtmehr belastet hatte.

Was mich betraf, so war ich in Fleury verhaftet worden, und ehe sich die Aufseher zusammenrotten konnten, um mir den Garaus zu machen, hatte mich die Polizei in erbärmlichem Zustand nach Fresnes verlegt, und keineswegs in den VIP-Bereich der Santé, wie ich es erhofft hatte. Hätte mir jemand gesagt, dass die Wärter mal handgemein werden würden, um zu entscheiden, wer mir als Erster die Fresse einhauen dürfte, hätte ich diesem Austausch mit mehr Furcht entgegengesehen. An jenem Tag aber war ich, ganz erfüllt von meiner Freude, Lakdar gefickt zu haben, leichten Gemüts.

Wird nicht einfach sein, eine solche Summe an einem Freitagabend zusammenzubringen, dachte ich bei mir, während ich durch das Rückfenster beobachtete, wie seine Gestalt am Horizont verschwand.

Nach diesem geplatzten Versuch entschied Barsamyan, es wäre wohl die beste Lösung, den nächsten Morgen still und leise in einem Hotelzimmer abzuwarten, damit ich mich nicht in Luft auflösen würde. Nicht im Hotel Crillon, selbstredend. Sondern im Saxo: einem dreistöckigen Betonkubus mit Paneelenverkleidung und unverbaubarer Sicht auf die zur Strafvollzugsanstalt führende Straße. Hier verkehrten lediglich Häftlingsangehörige, und ausgerechnet diese Leute würden uns wohl kaum irgendwann mal an die Bullen verpfeifen. Genauso gab es keinen Empfangschef, um sich an uns zu erinnern, sondern einen Schlüsselautomaten, der mit einer Kreditkarte funktionierte. Und schließlich kostete das Dreibettzimmer nur siebenundzwanzig Euro fünfzig. Alles in allem waren wir hier ja nicht auf einer Vergnügungsreise.

Eine kluge Wahl.

Der Koloss überließ mich der Obhut meiner beiden Aufpasser und zog los, um mir Rasierzeug und Kleider zum Wechseln zu besorgen, auf dass ich mein Bühnenkostüm nicht beschmutzte.

Bis zu seiner Rückkehr verharrten wir totenstill vor dem Fernseher. Aus was weiß ich welch obskurem Grund entschlossen sich meine Kameraden für einen Dokumentarfilm über russische Gaspipelines, ehe sie zu einer deutschen Serie übergingen. Eine Auswahl, die eine Krankenschwester für einen hirntoten Komapatienten hätte treffen können.

Offenbar musste ich schließlich eingedöst sein, da ich gegen einundzwanzig Uhr von Barsamyan, der von seinen Besorgungen zurückkam, aus dem Schlaf gerissen wurde. Und während ich in den grauenhaften Carrefour-Trainingsanzug, den er mir im Supermarkt ausgesucht hatte, schlüpfte, stellte man mir gnädig die Entscheidung zwischen den beiden neben dem Hotel gelegenen Restaurants anheim: dem Quick und dem Côte-à-Côte.

Ich wählte das Quick, denn nur schon beim Gedanken an das Côte-à-Côte kriegte ich Schiss.

Irgendwann mal, ich war zu früh dran und die Anwaltssprechzimmer waren noch geschlossen, hatte ich Hunger, also bin ich dort rein, um die Zeit totzuschlagen.

Das Restaurant war leer. Ein Oberkellner in kurzem Hemd und Krawatte mit Logo wies mir einen Tisch am Fenster an, indem er jene ehrerbietige Unterwürfigkeit nachäffte, die er bei einer der Schulungen der Kette gelernt hatte. Eine Bedienung reichte mir die Speisekarte. Ich wählte gerade zwischen zwei Gerichten, deren bombastische Namen wie die Faust aufs Auge zur Einrichtung passten – wird mit dem Franchising schlüsselfertig gestellt: kurze rote Vorhänge und rustikales Mobiliar –, als unversehens zwei Tinas neben mir platziert wurden. Augenscheinlich kannten sie die Bedienung. Ich kapierte, dass eine der beiden ihren Geburtstag feierte. Wie fröhlich diese drei Mädchen aus der Pariser Banlieue doch wirkten, hier, an ihrem Autobahnverteiler, inmitten von lachsfarbenen Mietshäusern, knalligen Schildern von Verbrauchermärkten, Parkplätzen und Hochspannungsmasten! Diejenige, die an dem Tag möglicherweise fünfundzwanzig wurde, würde von ihrer Freundin gleich mit einer Scheibe Glück beschenkt: einem Essen im Côte-à-Côte von Fleury-Mérogis. Es schnürte mir das Herz zusammen, dass mir der Appetit verging. Die weckten doch tatsächlich Schuldgefühle in mir, diese blöden Schnallen. Der Gipfel wurde schließlich mit dem Geburtstags-Bananensplit erreicht, einem unförmigen Etwas, auf das die Kellnerin, ausnahmsweise durch den Oberkellner dazu befugt, eine doppelte Ladung Schlagsahne aus der Dose und Smarties getan und eine Wunderkerze gesteckt hatte.

Ich bin noch vor der Geschenkübergabe geflüchtet.

Nichts gemein mit dem Quick!

Dieser Schnellimbiss wird ausschließlich von den Brüdern und den Kumpeln der Häftlinge besucht, in der Mehrzahl selbst Exsträflinge oder von der Polizei Gesuchte. Er ist als ein Ort des Bizness und der Begegnungen bekannt: ein neutrales Territorium, auf dem Frieden herrscht, die feierliche Nähe zur Haftanstalt verpflichtet.

Das Quick von Fleury entspricht Punkt für Punkt der Definition, mit der Soziologen eine TAZ, eine Temporäre Autonome Zone, beschreiben. Ein gesetzesfreier Ort, der vorübergehend ein gewisses Gebiet in Raum und Zeit einnimmt und wieder verschwindet, ehe er in irgendeiner Weise erfasst wird.

Und so habe ich mein letztes Mahl in einer TAZ zusammen mit drei Mördern eingenommen. Drei wie Prinzen gekleidete Kerle in Begleitung eines Vierten in Carrefour-Trainingsanzug und zu großen Latschen, die Davidoffs zu fünfzig Euro das Stück vor ihrem Menü Giant XL rauchen, ohne irgendjemandes Aufmerksamkeit zu erregen: So was sieht man eben nur in einer TAZ.

Danach habe ich die Nacht zu viert in einem winzigen Dreibettzimmer verbracht, immer noch in ihrer Gesellschaft: ein Vorgeschmack auf den Knast.

Barsamyan hatte Lakdar für den nächsten Morgen zehn Uhr dreißig, unmittelbar vor dem Austausch, bestellt.

Unrasiert und in der zerknitterten Kleidung vom Vortag, wartete er, eine mit Geldscheinen vollgestopfte Plastiktüte in der Hand, auf dem Parkplatz der Vollzugsanstalt. Unglaublich, wie viel er von seinem Hochmut verloren hatte!

Er, der mir sonst immer makellos vorkam, hat sich meiner Meinung nach allein schon deshalb rächen wollen und mich umzulegen versucht, weil man ihn genötigt hat, sich uns in diesem Zustand zu zeigen.

Barsamyan öffnete das Fenster. »Also? Das Geld?«

»Den ganzen Betrag hab ich nicht. Es fehlen so um die zehntausend Euro.«

»Das ist ärgerlich! Ich behalt deinen Wagen und wir sind quitt. Passt dir das?«

»Mein Wagen ist zehnmal so viel wert«, stieß der Marder zwischen den Zähnen hervor.

»Mir für mein Teil passts, also passts! He, Leibowitz, du steigst jetzt aus und gehst malochen. Wird Zeit.«

Und ich stieg aus, um mich unversehens Auge in Auge mit Lakdar wiederzufinden, in dessen Blick der Hass funkelte.

»Wünschst du mir nicht viel Glück?«

»Du weißt, dass ich dich umnieten werd, he?«

»Das sagst du nur, weil du verstimmt bist.«

Der Identitätswechsel lief ganz genau wie vorgesehen ab.

Ich händigte dem Aufseher in der Rotunde meinen Anwaltsausweis sowie meine vier Besuchserlaubnisscheine aus, damit er die Abteilung per Telefon benachrichtigte, um meine Häftlinge vorbereiten zu lassen.

Nachdem ich einen strategischen Moment vor dem Kaffeeautomaten ausgeharrt hatte, beschritt ich den Gang, der zur Abteilung 2 führt.

Erste Tür: Ich läutete an der Sprechanlage. Die Wärter öffneten mir ohne eine Antwort, und ich trat in den Flur entlang der Sprechzimmer. Diese waren ausnahmslos leer, schließlich hatten wir ja Samstag, den Tag, an dem Strafverteidiger unmöglich von zu Hause wegzulocken sind. Somit würde kein Schwanz da sein, um uns dabei zu überraschen, wie wir unsere Kleider tauschten.

Bei dem Glaskäfig zum Schutz der Aufseher angelangt, die alle Erlaubnisscheine und Häftlingsausweise kontrollieren mussten, bat ich darum, Sellem als Ersten zu sehen; die anderen sollten zunächst warten, und ich würde sie nur sehen, falls mir noch Zeit bliebe.

Natürlich versäumten die Aufseher nicht die Gelegenheit zu einer spitzen Bemerkung gegen mich, im Stil von: »Bei den Anwälten sind die Augen immer größer als der Magen, die lassen sich jedes Mal mehr Häftlinge raufbringen, als sie packen können.« Das beunruhigte mich keineswegs; wie ich ja wusste, zählte für sie nur, dass ich das Ende der Sprechzeiten auch nicht um eine Minute überschritt.

Sellem kam aus der Abteilung, drückte mir die Hand und folgte mir bis in die Kabine, die dem Ausgang des Besuchsbereichs am nächsten lag. Eilig tauschten wir unsere Kleidung und unsere Schuhe. Er setzte die Perücke auf den Kopf und versuchte, seine Stimme meiner anzupassen, indem er an die zehnmal ein »Danke, schönen Tag noch« wiederholte, das er dem Aufseher in der Rotunde zu sagen hätte, wenn er sich meinen Ausweis abholen würde.

Die Ähnlichkeit war frappierend, obschon er breiter und größer war. Wir bauten auf das fünfhäusige kognitive System des durchschnittlichen Gefängniswärters – ein Kästchen »Anwalt«, ein Kästchen »Insasse«, vervollständigt durch die Kästchen »Schließer«, »Bulle« und »Sozialarbeiter« –, dass keinem von ihnen bislang diese Ähnlichkeit je aufgefallen sein mochte.

Als die Verwandlung vollbracht war, ging die Sprechzeit gerade zu Ende. Sellem begleitete mich zum Glaskäfig und bedeutete dem Aufseher mit einem sehr professionellen Wink, dass die Zeit so schnell verstrichen sei und er die anderen drei daher nicht mehr sehen könne.

Ich betrat die Abteilung, als er gerade an der Sprechanlage läutete, um aus dem Sprechzimmerkorridor gelassen zu werden.

»Maître, Sie vergessen Ihre Besuchsscheine!«, rief der Aufseher ins Mikro.

Mir blieb das Herz stehen.

Ich schaute durch die Scheibe der Tür, die mich nun von der Freiheit trennte, zu Sellem hinüber und sah, wie er mit der Antwort zögerte.

Nach einer Weile, die mir wie eine Ewigkeit vorkam, machte er schließlich kehrt, trat in die Abteilung und nahm weniger als einen Meter von mir entfernt die Besuchserlaubnisscheine entgegen, die ihm der Schließer durch das kleine Käfigfenster reichte.

»Samstags haben wirs alle eilig, nach Hause zu kommen!«, erwiderte der Bankräuber mit unglaublicher Kaltblütigkeit.

Genau in dem Augenblick, als ich meinen Häftlingsausweis an mich nahm und ins Innere der Abteilung gelangte, hörte ich plötzlich Geschrei von den drei Typen, die ich hatte hochbringen lassen. Für ihre geplante Bambule fanden sie nichts Besseres, als über den Aufseher der Durchsuchungsschleuse herzufallen. Binnen weniger Sekunden richteten sie einen entsetzlichen Krawall an. In heller Panik verbarrikadierten sich sämtliche anwesenden Schließer im Glaskäfig des Kontrollraums und riefen die Eingreif- und Sicherungsmannschaft zu Hilfe.

Mich indes, mich hatte man vollkommen vergessen.

Ich wartete auf die Kavallerie und dachte dabei mit Schrecken an die damalige Ankündigung anlässlich der Schaffung dieses Corps, das für die Aufrechterhaltung der Sicherheit in den sogenannten sensiblen Einrichtungen bestimmt war: Superschließer aus den Reihen der Verwaltungsschule für den Strafvollzug und auserlesen wegen ihrer physischen und psychologischen Qualitäten, denen ein Spezialtraining bei der Eingreifgruppe der *Gendarmerie nationale* zuteil wurde.

Das würde mächtig Kloppe geben.

Im Nu kreisten ungefähr zwanzig von überall her gekommene Typen in schwarzen Sturmmasken und Klamotten sämtliche anwesenden Häftlinge ein. Wir waren ja nicht zahlreich: Es gab da die drei Tobsüchtigen, zwei, drei andere Insassen, die aus diesen oder jenen Gründen darauf warteten, wieder in ihre Zellen zurückzugelangen, und mich, David Sellem-Leibowitz-Berthier.

Das Scharmützel dauerte ein paar Sekunden, in deren Verlauf ich, versteckt hinter einem Wäschekorb, den Schlagstöcken der Superschließer zu entgehen versuchte, die wie die Tiere auf uns draufkloppten.

Unterbrochen wurde es schließlich durch die Einlassung eines Gefangenen, der mit dem ganzen Mist gar nichts zu tun und es darüber langsam satt hatte, grundlos verdroschen zu werden.

»Statt mir aufs Maul zu hauen, du armer Blödarsch, solltest du dir lieber mal den Kerl da angucken, der sich an die Wand quetscht. Das ist nicht Sellem! Ihr habt ihn entkommen lassen, ihr Schwachköpfe«, meinte er zu dem maskierten Schrank, der ihn am Kragen hielt.

Die Schlägerei endete augenblicklich.

Man zog mich aus meinem Versteck und presste mein Gesicht gegen die Scheibe des Glaskastens, in den sich die Aufseher geflüchtet hatten.

»Das ist nicht Sellem!«, schrie einer von ihnen.

Sie kamen wie ein Mann heraus und stürzten sich auf mich, um mich zu vermöbeln.

»Wer bist du, verdammt noch mal! Meine Fresse, Scheiße, Mann! Wer bist du?«, schrien sie entsetzt, ehe sie den Alarm ertönen ließen.

Als ich in meiner Zelle in Fresnes eintraf, hatte ich überall Prellungen und Quetschungen. Vor allem mein Gesicht war verquollen und mein Kiefer dermaßen angeschwollen, dass ich den Mund kaum aufbekam.

Und genau da hat der dicke Dostom, obwohl er mich doch gerade erst seit ein paar Minuten kannte, mir das Fleisch und die Erbsen meines ersten Essens zermatscht. Er hat mich sofort bezaubert.

Er war schlicht, geradeheraus, aufrichtig, und er beklagte sich nie, während er doch genau wie ich zum ersten Mal eingesperrt war.

Lakdar wird bezahlen, und müsste ich dafür mein Leben opfern.

»Leibowitz, Anwaltsbesuch!«

Bertrand, das Gesicht von Sorge verwüstet, dringt in meine Zelle.

»Dramatisiers nicht, ich hab nichts Großartiges. Die haben Dostom getötet.«

»Man hat mir gesagt, es wär eine Prügelei gewesen.«

»Auf keinen Fall. Drei Typen haben mich eingekreist, um mir an den Kragen zu gehen. Die wussten aber nicht, dass Dostom auf meiner Seite war. Und als dann einer von denen sein Messer gezückt hat, um mich abzustechen, ist Dostom dazwischengegangen, indem er mich zu Boden warf, und so hat er den Stich an meiner Stelle abbekommen.«

»Diese Geschichte ist schon viel zu weit gegangen. Du wirst endlich alles ausspucken müssen, bevor es zu spät ist.«

»Ich will nicht!«

»Wenn du mir nicht ein Minimum an Vertrauen entgegenbringst, wirst du in Zukunft ohne mich auskommen müssen.«

Bertrand blickt mich eindringlich an. Ich lese Verachtung in seinen Augen. Was mich erschreckt, ich pfeife einfach drauf: Ich scheine zu einem richtigen Ganoven geworden zu sein, ich mag niemanden mehr.

»Übrigens, ich hatte dir das hier mitgebracht«, sagt Bertrand in gleichgültigem Ton, während er mir einen Schmöker aufs Bett knallt.

Ich nehme das Buch in beide Hände: eine Ausgabe von *Madame Bovary* auf Albanisch.

Und da, völlig unvermutet, überwältigt ein dumpfer Schmerz meinen Körper. Ich spüre, wie etwas in meiner

Brust zerreißt, eine ungeheure Welle, die aus dem tiefsten Innern meiner Seele aufsteigt, als breche ein Damm. Ein Schwall Tränen schießt mir aus den Augen, und wie ein Balg beginne ich in den Armen meines Anwalts zu weinen.

Ich beichte ihm alles: Lakdar, mein Schnauze-voll-Syndrom, meinen Durst nach Abenteuern, die Mon Chéri, die dicken Schwäne, Frédéric Moreau, meine Verdrießlichkeiten mit dem Kammervorstand … Bertrand hört aufmerksam zu, ohne mich zu unterbrechen, sehr professionell.

»Was ist in dem Umschlag, den du mir geschickt hast und den ich verstecken sollte?«

»Auszüge von Konten, die bei der Dresdner auf Lakdars Klienten geführt werden. So um die zehn sinds, glaub ich. Manche davon hab ich im Verlauf des Jahres verteidigt, als ich an seinen Fällen gearbeitet hab.«

»Welche Sorte von Kundschaft?«

»Die reiche und bösartige Sorte.«

»Die Sorte, die im Falle von Indiskretion in Wut gerät?«

»Wut ist nur der Vorname! Urteile selbst. Abdelmine und Sellami sind dabei, zwei Drogenschieber aus der Banlieue; die Anti-Drogen-Behörde fahndet nach ihnen, seit die per Zufall einen Peugeot 206 mit fünfundzwanzig Kilo Koks aufgespürt haben, der irgendwo an einem der Grands Boulevards geparkt war. Irgendjemand hatte, um einparken zu können, die Karre mit dem eigenen Wagen auf den Fußgängerüberweg geschoben, und die Flics haben sie ins Depot abschleppen lassen. Ich hab der rechtmäßigen Eigentümerin in Lakdars Auftrag bei ihrer ersten Vernehmung Rechtsbeistand geleistet. Sie war die Freundin von einem der beiden und hatte überhaupt keine Ahnung. Nach sechsundneunzig Stunden Polizeigewahrsam ist sie einfach direkt ins Loch gewandert, nur so eben, um die Dinge mal herankommen zu lassen. Außerdem ist da noch Ivo Djilas: ein Dreckskerl, der untadeligen Industriellen als Mittelsmann dient, wenn Fässer mit giftigen Abfällen in Äthiopien und Eritrea in die Natur gekippt werden sollen. Er streicht satte Provisionen ein und hat unlösbare Probleme mit dem Finanzamt. David Nathan dagegen ist ein sympathischer Kerl. Er ist Waffenschieber. Ich hab seinem kleinen Bruder bei einem Schnellverfahren wegen Trunkenheit am Steuer Beistand geleistet. Nach der Verhandlung hat er mich eingeladen, im Maison du Caviar abzufeiern, dort hat er mir seine sechs Pässe gezeigt und mir dabei erklärt, wie er mir, mit meinem Namen, die israelische Staatsangehörigkeit beschaffen könnte. Der Schlimmste von allen ist Ibrahim Benabdelkader. Seine Frau ist just vor einer Streife übel vertrimmt worden, ich vermute, von Typen von ihm. Er hat sich an Lakdar gewandt, um die Sache zu verharmlosen. Ich bin sie im Hôtel-Dieu besuchen gegangen. Sie kam um vor Angst. Sie hat mir erklärt, seit ihr Mann mit den Islamisten verkehre, würden sie beide wie die Penner leben, während er sie früher, als sie für ihn noch den Kurier machte und Drogen schmuggelte, wie eine Prinzessin behandelt hat. Er zwang sie, das Kopftuch zu tragen und monatelang völlig abgeschottet zu leben, während er sich in Afghanistan aufhielt. Ich glaub, er wird von Interpol gesucht. Und was sie betrifft, so dürfte sie bereits tot sein.«

»Das Ganze ist ja obere Liga! Da wundere ich mich wirklich, dass Lakdar reich ist, bei so einer Klientel! Nur, was hat er mit diesen Konten zu tun?«

»Zusammen mit den Auszügen wirst du auch auf seinen Namen ausgestellte Vollmachten finden. Er macht für die den Kofferträger.«

»Ich sollte es genauso machen. Stimmt ja, dass Anwälte nichts riskieren.«

»Und wessen Koffer würdest du tragen?«

»Ja, hast recht.«

Bertrand setzt seine Verschlagener-Kathole-Miene auf: »Und wenn diese Auszüge den Steuerfahndern von der Finanzbrigade in die Hände fallen würden? Einfach so, wies der Zufall so will bei einer Postsache ...«

»Ich weiß nicht. Vielleicht wird Lakdar dann Mordsscherereien kriegen.«

»Ganz bestimmt kriegt er dann Mordsscherereien. Zumindest genug, damit er nicht noch mal versucht, dich zu töten. Ich werde sie einen nach dem andern verschicken, und dann warten wir ab, um zu sehen, was dabei rauskommt.«

»Das ist eine gute Idee.«

»In der Zwischenzeit unterhalte ich mich mal mit Barthomé, damit die Strafvollzugsbehörde dich hierlässt und nicht gleich wieder zurück ins Massenquartier steckt. Mach dir keine Sorgen, ich werde ihm kein Wort von deinem Aufenthalt in Genf verraten. Dafür erzähle ich ihm aber, mir scheine es, ich sage ausdrücklich, *mir scheine es,* als gingen die Pressionen, deren Gegenstand du gewesen seist und noch immer bist und denen du nun sogar zum Opfer gefallen bist, von einem Kollegen aus.«

»Niemand kann etwas von meiner Reise wissen. Ich hatte mein Mobiltelefon nicht dabei und bin hin und zurück mit dem Zug gefahren.«

»Lakdar hatte seins aber doch dabei, oder?«

»Ja. Allerdings ist er kein Idiot.«

»Weiß mans! Er muss doch jederzeit erreichbar sein. Er kann sich nicht erlauben, die SIM-Karte einfach so, wie ein ordinärer Dealer, zu wechseln.«

»Weißt du, auf das Geld in Genf, da pfeif ich drauf. Na ja, ich pfeif nicht drauf, aber ich hab erkannt, dass mich das allein nicht getrieben hat und ...«

»Diese zerknirschte Bußfertigkeit ist widerwärtig!«

Bertrand hat das im Ton einer Volksschullehrerin gesagt, im Stil: »Man muss zu seinen Dummheiten stehen, mein Großer!«, was mir ganz und gar nicht gefällt.

»Eine Frage, Bertrand: Was bedeutet Strafrecht für dich?«

»Ich weiß nicht, aber ich hab das Gefühl, du wirst es mir gleich beibringen.«

»Das ist diese ganze Scheiße, das Strafrecht. Wenn du als Pflichtverteidiger bei Strafsachen bestellt wirst, dann ist das zwar richtig schmieriges Zeug, das räume ich ein, aber es ist vor allem für Leute, die nicht einen Cent besitzen. Höchst moralisch, diese ganze Sache mit dem Staat, der dich dafür bezahlt, den Sünder zu verteidigen. Es erlaubt dir, nicht direkt involviert zu sein. Und das ist bequem so. Derjenige aber, der vom Strafrecht lebt, wer wirklich und wahrhaftig davon lebt, der wird von solchen zynischen und reichen Scheißkerlen, von denen ich dir gerade erzählt hab, als Anwalt ausgesucht. Der nimmt aus freien Stücken Geld aus deren Händen, um ihre Scheißhäuser zu säubern, und sagt noch schön Danke. Lakdar, der ist nicht Konferenzsekretär wie du, und der hält Plädoyers wie ein Hornochse; trotzdem ist er stinkreich und außerdem noch zehn Jahre jünger als wir.«

»Und du bewunderst ihn?«

»Nein, ich find ihn blöd wie 'nen Pimmel. Nur will ich nicht, dass du dich selbst belügst, und vor allem will ich nicht, dass du über mich urteilst und mich verarschst, wenn ich dir sage, dass es nicht das Geld war, was mich in diese Bredouille getrieben hat. Ein Beruf zum Kotzen ist das, den ich nicht mal ansatzweise überschaut hab, ehe ich an seiner Seite zu arbeiten anfing, und es waren wirklich nicht die Luden, die ich für zweitausend Euro verteidigte, die mich die Sache haben anders sehen lassen. Wenn du dir aber wie er jeden Monat ein Fixum von zehntausend Euro bezahlen lässt, um lediglich im Fall der Fälle da zu sein, obendrein für einen Typ, der afrikanischen Bälgern Dioxinfässer in die Schnauze kippt, ja, dann machst du wirklich Strafrecht. Diese Geschichte hat mich über den Beruf, den ich seit fünfzehn Jahren ausübe, nachdenken lassen. Dabei handelt es sich nämlich nicht so sehr um einen finanziellen Coup, denke ich, als vielmehr um beruflichen Selbstmord. So in der Art: das Böse durch das Böse abtöten, verstehst du? Strafrecht ist eine Droge, die die Seele zerstört. Und denjenigen, die keine haben, solchen wie Lakdar, denen macht das gar nichts.«

»Und wie stehts mit deiner Seele?«

»Ums dir rundheraus zu sagen: Mir schmerzt vor allem der Arsch, weil ich mich von diesem blöden Sack hab ficken lassen. Wenn du mich hier rausbringst, damit ich ihm seine

Eier ins Maul stopfe, wirst du gut bezahlt werden und kannst Emeline und die Kinder endlich mal woandershin mit in die Ferien nehmen als in die Bretagne.«

Bertrand lacht und versetzt mir einen Puff in den Magen, der mir einen Schmerzensschrei entreißt. »He, weißt du eigentlich, dass Frédéric Moreau ein richtiges Blödmannleben geführt hat?«

»Ich weiß. Dessen bin ich mir erst vor Kurzem bewusst geworden.«

10

Und so entdecke ich nun, Tag um Tag, von meinem Bett aus die Ergebnisse von Bertrands Strategie, wenn ich den *Parisien* durchblättere.

Die Skandale platzen wie Perrier-Bläschen, einer nach dem anderen, im Rhythmus der Rechtshilfeersuchen.

Ivo Djias und David Nathan wurden verhaftet und ihre Kohle vom Fiskus beschlagnahmt. Drei weitere Personen folgten: zwei algerische Banker und Marcel Gonthier, so was wie ein Geheimagent vom Staatsschutz, der für Alstom arbeitete.

Jedes Mal tauchte Lakdars Name in den Artikeln oder den Pressemeldungen auf. Die Journalisten blickten, irgendwie geblendet, nicht durch, in der Finanzverfahrensgalerie, bei den Untersuchungsrichtern, dürfte es hingegen ordentlich Tratsch geben.

»Sieh an, Sie schon wieder, Maître Lakdar, also wirklich, Ihre Mandanten haben ja eine richtige Pechsträhne!«

Und dann, vor einer Woche, ist seine Kanzlei in Brand geraten.

Wenn ich nicht Zeitung lese, schlendere ich durch die Gänge des Krankenhauses. Der reinste *Hof der Wunder* hier, voll mit verkrüppeltem Gelichter.

Seit dem Kouchner-Gesetz gilt nämlich: Ist ein Häftling so krank, dass er krepieren wird, kann ihm eine bedingte

Haftverschonung gewährt werden. Und so ist es bei den Knackis schwer in Mode, jede Behandlung abzulehnen, ja selbst bei einer simplen Bronchitis, auf dass sich ihr Zustand verschlechtern möge. Der Kassationshof konnte sich noch so hartnäckig bemühen, dieser Praxis einen Riegel vorzuschieben, indem er die Anwendung des Gesetzes auf jene beschränkte, die sich auch tatsächlich im Vollzug einer erfolglos gebliebenen Therapie unterzogen hatten, es half alles nichts! Das spuckte, das hustete, das krepierte in allen Ecken in einem höchst mittelalterlichen Ambiente: einer vom Medizinischen her unverfälschten Welt ohne Antibiotika und ohne Chemotherapie.

Gestern bin ich zufällig auf Alexandre Libner, Lakdars Mitarbeiter, gestoßen. Dieser hatte gerade einen Häftling besucht. Unter gewöhnlichen Umständen hätte ich gar nicht mit ihm reden können, hier aber gibt es nur sehr wenige Schließer, und außerdem sind die cool, vor allem mir gegenüber. Ich habe mich nach seinem Wohlergehen erkundigt und was er so treibe und heimlich darauf gehofft, Neuigkeiten über seinen Boss zu erfahren.

»Ich habe mich vor weniger als einer Woche selbstständig gemacht.«

»Warum? Hast dus nicht mehr ausgehalten, zusammen mit deinem Boss in irgendwelchen Nachtclubs Koks zu sniffen, oder lags daran, dass du kein Büro mehr hast?«

»Nein, Dalil hat schon neue Räumlichkeiten gefunden. Ich habe mich bei ihm eingerichtet.«

»Summa summarum hat sich also nur geändert, dass er dir nicht mehr länger dein Mitarbeiterhonorar bezahlt.«

»Summa summarum ja!«

»Dennoch scheint sein Laden ganz gut zu laufen. Ständig sehe ich seinen Namen bei sämtlichen netten Fällen.«

»Ich glaube eher, dass er Mordsscherereien hat.«

»Du meinst sicher, wenn deine Kanzlei in Brand gerät, ist das nie ein gutes Zeichen.«

»Und du, immer noch im Loch? Ich habe gehört, man hätte versucht, dir an den Kragen zu gehen.«

»Na ja, wie du siehst, bin ich immer noch da.«

Ich hatte Mühe zu glauben, dass dieser kleiner Mistkerl von nichts wissen sollte.

»Wann steht dein Entscheid an?«

»Der Richter will mich nächste Woche vernehmen. Die Rechtshilfeersuchen dürften zur Stunde wieder zurück sein. Gefunden haben die nichts, selbstredend.«

»Selbstredend.«

Weil wir gerade ein Thema angeschnitten hatten, das volles Rohr nach Beihilfe stank, ein Thema, das einem jungen, mitten in der Niederlassung begriffenen Rechtsanwalt nicht ziemte, verabschiedete er sich urplötzlich, als hätte ihm soeben jemand ins Ohr geflüstert, ich hätte Lepra.

Bertrand hat mich noch mehrmals besucht, um mir das Gemunkel aus dem Justizpalast zuzutragen und gemeinsam mit mir Phase zwei unseres Plans auszuarbeiten.

Alle Welt wusste, dass Lakdar mächtige Scherereien hatte. Wie ein Gespenst spukte er in den Vorverfahrensgalerien herum, gesenkten Hauptes, um nur ja mit niemandem reden zu müssen – er, der doch gemeinhin nie eine Gelegenheit für eine dicke Lippe ausließ.

So langsam krakeelte es bei seiner Kundschaft von allen Seiten, weil er, von den einen, die wie die Fliegen umfielen, völlig in Beschlag genommen, sämtliche anderen vernachlässigte, die in der Haft dahinmoderten.

Es ging das Gerücht, er hätte Gerichtsverhandlungen versäumt, namentlich die eines Drogenschiebers, der ihm viel Geld gezahlt hatte und ihm nun an den Kragen wollte.

Was unseren Plan anging, so bewegten wir uns im Kreis. Falls ich Bartholomé die Vollmachten zuschob, würde er mich fragen, wie ich sie mir beschafft hätte. Und da käme dann keine Antwort.

Und außerdem bestünde ja auch keinerlei Zusammenhang zwischen diesen Papieren und dem Scheinsachverhalt, wonach Lakdar mich gezwungen hätte, Sellems Identität anzunehmen.

Spielten wir die Vollmachten jedoch anonym zu, hätte das keine große Bedeutung. Der Marder bekäme dadurch zwar noch mehr Mist an die Backe, und ihm würde sicherlich die Berufsausübung vorläufig untersagt, nur käme ich dadurch auch nicht raus.

Bertrands Idee war, den Kammervorstand in die Angelegenheit mit hineinzuziehen, indem wir aufdeckten, wer Lakdar wirklich war. Seiner Ansicht nach würde ein Mitglied des Vorstands augenblicklich Bartholomé aufsuchen, um für meine Sache Partei zu ergreifen.

Wie naiv von ihm!

Der Vorstand würde Lakdar einbestellen, um seine Version der Geschichte anzuhören, und der Kammerpräsident käme rasch dahinter, was wir tatsächlich von ihm verlangten: nämlich bei einem Zerwürfnis zwischen zwei miesen Korruptis den Schiedsmann zu spielen. Und dessen enthielte er sich wohlweislich.

Die Lösung ist schließlich von allein gekommen. Sie fiel vom Baum wie eine schöne Frucht.

Eines Morgens bemerkte ich im Gang einen sehr gut gekleideten älteren Herrn. Er hatte so gar nichts von der ortstypischen Art: Stil Penner im Endstadium oder von Kugeln durchsiebter Rapper. Er saß auf der Fensterbank und haschte durch die Gitterstäbe nach den letzten Strahlen der Herbstsonne.

Ich sprach einen Krankenpfleger an und fragte ihn, wer dieser Mann sei.

»Marcel Gonthier, er kommt aus der Santé wegen einer Prostatadiagnose.«

Der Agent vom Staatsschutz, Lakdars Mandant. Einer der Typen, deren Verhaftung ein bedauerlicher Nebeneffekt unseres Plans war. Was machte der hier bloß, wo es in der Santé doch Ärzte gab, um sein kleines Problem zu behandeln?

Ich erinnerte mich an den Artikel, den ich in der Zeitung über ihn gelesen hatte.

Als ehemaliger Fremdenlegionär, ehemaliger Söldner, ehemaliger Staatsschützer gehörte er zu den Eingeweihten, die die Großunternehmen mit Gold aufwogen, sobald sie den Schoß des Staatsdienstes verließen. Marcel Gonthier war das, was man, nach Fernandel seligen Angedenkens, einen *tricoche* nennt: ein Typ mit großen Ohren und vielen

Freunden, der ganz gleich welche personenbezogene Information in Rekordzeit zu erhalten vermag.

Der Glückspilz, der eigentlich in der VIP-Lounge sein müsste.

Als ich auf ihn zukam und mich ihm vorstellte, konnte ich in seinen Augen lesen, dass er wusste, wer ich war, für wen ich gearbeitet hatte, und noch etliche Dinge mehr, von denen wahrscheinlich nicht mal ich selbst etwas wusste. Auf dem Fenstersims sitzend, haben wir ganz informell miteinander geplaudert. Er hat mir sofort von seinem Anwalt erzählt.

In welch günstigem Fahrwasser der doch segle. Welch großartige Fälle der doch habe. Wie häufig man in den Zeitungen von ihm schreibe, vor allem im Moment. Ich denke, er versuchte ganz einfach, seine Mutmaßungen bestätigt zu bekommen, dass sämtliche Fälle, die meinen Kollegen Lakdar dieser Tage beschäftigten, miteinander in Verbindung standen.

»Ich kann nicht tiefer sinken«, seufzte er plötzlich.

»Aber, aber, es gibt wirklich keinen Grund, sich Sorgen zu machen. Die Richter und die Polizei wissen doch sehr wohl, dass Sie ihnen auch große Dienste leisten. Ich hab noch nie erlebt, dass bei Fällen von Weitergabe vertraulicher Informationen viel bei rumgekommen wäre, wissen Sie?«

»Na ja ... bislang hatten sie auch keinerlei Beweise. Und ohne den Kontoauszug, den sie mir letztens gezeigt haben ...« (Gonthier gab mir mit einem beredten Zeichen zu verstehen, die Sache sei gegessen und er könne nicht mehr mit der Milde der Justiz rechnen) »... hätte ich in

Ruhe und Frieden meinen Lebensabend in den Alpen verbringen können.«

»Zehn Millionen Schweizer Franken! Stimmt schon, so was tut in der Seele weh. Aber es gibt auch Schlimmeres. Stellen Sie sich mal vor, Sie wären nach 'nem Ausbruch auf der Flucht, so wie Ibrahim Benabdelkader. Der hatte das Dreifache auf seinem Konto. Das wird der Al-Kaida aber ein dickes Loch in die Kasse reißen!«

Gonthier hatte den Kopf vom Fenster abgewandt.

»Woher wissen denn Sie das alles?«

»Tja, bei Lakdar wusste doch jeder Bescheid«, sagte ich mit der ganzen Treuherzigkeit, zu der ich fähig war.

Dann hat er sein Sonnenbad wieder aufgenommen und kein Wort mehr gesagt. Noch am selben Abend war er wieder zurück in seinem VIP-Bereich der Santé.

Und die Woche darauf trat ein, was meine Amtsbrüder von einst vorausgesagt hatten: Der Marder löste sich in Luft auf … ein Opfer der Flammen, auf dem Grund der Seine … oder vielleicht schlicht und einfach zu viel Druck …

Die Unterredung mit Bartholomé lief so glatt wie ein Brief durch den Postweg.

Ich habe alles dem Verschwundenen untergejubelt. Ich habe dem Richter erzählt, welche Balz Lakdar veranstaltet hatte, damit ich für ihn arbeite. Und wie eines Morgens dann er und die beiden Räuber des Geldtransports der Banque de France mich mit Waffengewalt von zu Hause entführt und gezwungen haben, mich in die Strafanstalt zu begeben, um Sellems Platz einzunehmen.

Der pakistanische Leibeigene, Lakdars Chauffeur, der uns im Mercedes bis an die Tore Fleurys gebracht hatte, der letzten Endes weder taub noch stumm war und seit seiner Befreiung einen ausgeprägten Geschäftssinn an den Tag legte, hat meine Aussagen gegen ein vernünftiges Entgelt bestätigt.

Der Richter fragte mich, was ich zu gewissen mit Konten in der Schweiz zusammenhängenden Bankauszügen wisse, Auszügen, die eine unbekannte und gut beratene Person der Finanzverfahrensabteilung zugespielt habe.

Ich antwortete aufs Natürlichste, Lakdars ständiges Hin und Her zwischen Paris und Genf hätten die Spatzen ja von den Dächern gepfiffen.

Bertrand hatte recht, der Marder wechselte nie die SIM-Karte, wenn er umherreiste. Dank seines Mobiltelefons war seine Spur mühelos von Funkmast zu Funkmast zurückzuverfolgen.

Bartholomé verriet mir auch, Lakdar sei noch just am Morgen meiner Inhaftierung, unmittelbar bevor er mich unter Waffengewalt von zu Hause entführt habe, in Genf gewesen. Wahrscheinlich um für sein krummes Ding zu kassieren.

Wahrscheinlich!

Ich bekam eine Verfahrensniederschlagung sowie die erste Seite im *Parisien* und bin nach Hause. Das perfekte Verbrechen!

Epilog

Als Allererstes habe ich dann, nachdem ich mich drei Abende in Folge hatte volllaufen lassen, Monsieur Otto Hemschwiller einen Besuch abgestattet, um ein wenig Geld von meinem Konto abzuheben.

Ich wollte Bertrand und seiner Familie Millionärsferien spendieren. Eine Safari oder eine Kreuzfahrt. Eine Safari und eine Kreuzfahrt.

Damit Dostoms Vater den Hügel kauft, auf dem er seine Ziegen hütet, habe ich ihm per Anweisung vierhunderttausend Euro im Auftrag seines Sohnes zukommen lassen.

Und da ich mir zu Hause den Wolf gelangweilt habe, bin ich wieder arbeiten gegangen.

Die Flure des Justizpalasts.

Wenn ich im Stillen beobachte, welche Fresse mein Amtsbruder Gonzague Le Pelletier-Pouchard zieht, läuft er mir mal über den Weg, dann bin ich überzeugt, dass der Kammervorstand meine Verfahrensniederschlagung sehr schlecht aufgenommen haben dürfte. Als Männer der Tradition, die sie ja sind, glaubten sie sicherlich, ich würde ganz natürlich von der Bildfläche verschwinden, so wie ein Fliegenschiss sich eben mit der Zeit auflöst.

Je nun, ist nicht, ich bin immer noch da!

Ich, der lebende Tote, der Wiedergänger aus der Welt der Ausgelöschten.

Denn sollte es tatsächlich mal vorkommen, dass Rechtsanwälte ins Gefängnis wandern, der eine wegen Unterschlagung oder Veruntreuung von Geldern, der andere wegen Mittäterschaft, Begünstigung, Strafvereitelung, Verstoß gegen die Geheimhaltungspflicht oder was weiß ich, so ist doch noch nie jemand von den Toten zurückgekehrt, um wieder in der Robe durch die Gänge des Justizpalasts zu spazieren.

Lediglich die echten Strafrechtler scheinen sich über meine Wiederkehr zu freuen.

»Oh, Leibowitz! Meine Fresse, bist du dick geworden! Wann bist du aus dem Knast rausgekommen?«

»Vor einem Monat.«

»Und was treibst du so?«

»Na, siehst ja. Ich maloch wieder.«

»Dürftest dir im Knast einiges an Kundschaft angelacht haben.«

»Doch, schon.«

»Und Sellem, schickt der dir Leute vorbei?«

»Hat schon seine Auswirkungen.«

»Meine Fresse! Aber, weißt du, hast es wirklich verdient. Lakdar, meine Fresse, was für ein aufgeblasener Idiot! Den konnte ich noch nie riechen, diesen Kerl. Ich frag mich nur, welcher seiner Mandanten ihn umgelegt hat. Apropos, weißt du, wer im Knast sitzt? Bérard. Er hat sich wegen Indiskretionen bei einem Dopefall schnappen lassen. Also, willkommen, he!«

Der Umkleideraum und die Porträtgalerie.

Ich betrete den Bienenstock. Es ist jetzt ein Jahr her, dass ich ihm den Rücken gekehrt habe, und nichts hat sich verändert. Nach wie vor dieselben Anwälte, die sich kollernd voreinander aufplustern. Dieselben jungen Mitarbeiterinnen mit schönen Ärschen, die meinen, sie wären wunders was. Dieselben völlig übermüdeten und vernachlässigten arbeitenden Mütter, die ihre Unterlagen eingereicht haben, um Richterinnen in der Provinz zu werden. Dieselben afrikanischen Anwälte, alle mindestens promoviert, die sich irgendwelche hoch komplizierten Dinge in einem unverständlichen Französisch mitteilen. Dieselben Kerle in Anzügen zu tausendfünfhundert Euro, diese Penner in Roben …

Ich gehe hinauf, um mein kleines graues Barettfach zwischen den sechzehntausend anderen kleinen grauen Metallkästen wiederzufinden.

Z1217 Leibowitz.

Ich reiße das kleine »Gesperrt«-Schild ab, das die Öffnung verwehrt.

Das Siegel der Schande, das Kainsmal der vorläufig Ausgelöschten!

Aus dem Fach meines Nachbarn stibitze ich die letzte Ausgabe des *Bulletin der Anwaltskammer.*

Ich erfahre, dass der Präsident – ist es tatsächlich derselbe oder ist es ein anderer? – nach China gereist ist, um mit unseren Kollegen der Pekinger Anwaltskammer über Menschenrechte zu diskutieren.

Jiang Zemin kann man nur raten, sich gehörig in Acht zu nehmen.

In der Rubrik »Leben des Justizpalastes« nicht eine einzige Zeile über die Rückkehr unseres zu Unrecht eingekerkerten Amtsbruders Christophe Leibowitz-Berthier.

Ich verlasse den Umkleideraum wieder und stoße auf Bruno vom Strafrechtsbüro.

»Ah, Leibowitz, bist ja zurück! Was machst du so, im Moment, mir fehlt da nämlich noch ein Pflichtverteidiger bei der Mannschaft von heute Nachmittag für die Schnellverfahren. Sag, darf ich dich bestellen lassen?«

Relax said the nightman
We are programed to receive
You can check out any time you like
But you can never leave

Hannelore Cayre

Hannelore Cayre – Tochter einer österreichischen Mutter, was den nicht allzu französischen Vornamen erklärt – ist Strafverteidigerin, schreibt Romane und lebt mit ihrer Familie im 19. Arrondissement von Paris. Davor war sie Finanzchefin bei einer Filmproduktionsfirma und nebenbei Filmemacherin, ihr Kurzfilm *Albertina a magri* wurde mit verschiedenen Preisen ausgezeichnet. Allerdings fing das Finanzwesen an, sie zu langweilen; die Juristerei hingegen wurde ihr immer faszinierender. Cayre spezialisierte sich auf Strafrecht und wurde Pflichtverteidigerin – genau in dem Milieu, das sie in ihren Romanen um den Anwalt Christophe Leibowitz beschreibt: an den Rändern der Gesellschaft, dort, wo man als Honorar manchmal in Naturalien bezahlt wird – eine Kiste Tomaten, Knoblauch oder Hühner. »Als Strafverteidigerin in Créteil arbeitet man mit und in dem Milieu, das aus der Immigration entstanden ist«, sagt sie und findet dieses Milieu faszinierend und spannend.

Ein schwerer Unfall, nach dem sie beinahe querschnittgelähmt war, konnte ihre Energie, ihr Engagement für ihre Klientel und ihren genauen Blick für die tragikomischen Seiten ihres Berufs nicht schmälern. Im Gegenteil ... Vier schwarzhumorige und raffiniert geschriebene Abenteuer um den *Lumpenadvokaten* Leibowitz sind geplant, zwei davon unter großem Applaus der französischen Kritik und der Leserschaft schon erschienen, und Verfilmungen sind in Vorbereitung.

Bibliografie

Commis d'office (2004; dt. *Der Lumpenadvokat,* 2007); *Toiles de maître* (2005; dt. in Vorbereitung).

Der Übersetzer

Stefan Linster wurde im Saarland geboren, lebte zwischen 1971 und 1983 in Frankreich und studierte Deutsche Philologie, Theater-, Film- und Fernsehwissenschaften und Französisch an der Uni Köln. Er arbeitet seit 1989 als Übersetzer von Romanen (u.a. Orsenna, Kahn, Laurrent), Krimis (u.a. Marie & Joseph, Picouly, Pouy, Manchette), Essays (Garnier, Bégout) sowie historischen Romanen und Erzählungen (Jacq, Sinoué, Tirtiaux, Paillet u.a.).

»In diesem Beruf braucht man eine große Klappe.«

Interview mit Hannelore Cayre

Sie sind selbst Anwältin. Was ist abwegiger: Die Fiktion in Ihrem Roman oder die Realität in Ihrem Job?
Die Realität. Bei Weitem! Im Roman wollte ich, dass alles plausibel ist. In der Wirklichkeit erlebt man aber unglaubliche Fälle. Bei den rund achtzig Personen jeden Tag, die vor Gericht erscheinen, kommen verblüffende Geschichten vor. Vor Kurzem habe ich eine Tunesierin verteidigt, die eine Geschlechtsumwandlung wollte, weil sie genug davon hatte, wie im Islam die Frauen behandelt werden. Erstaunlicherweise ist sie, während sie sich in einen Mann umgewandelt hat, zum Islamisten geworden. Um die Operationen bezahlen zu können, hat sie Betrügereien begangen. Bis man sie gefasst hat. Wohin nun mit ihr? Im Gefängnis bei den Männern lief sie Gefahr, vergewaltigt zu werden. Bei den Frauen wollte sie auch keiner, denn sie trug einen Bart und war Islamist. Man hat sie schließlich auf freien Fuß gesetzt. Wenn ich das in einem Roman erzähle, würde jeder sagen, ich übertreibe.

Der kleine Anwalt Leibowitz kommt aus bescheidenen Verhältnissen. Wie wird man ein Spitzenanwalt, wenn man nicht aus den entsprechenden Kreisen kommt?
Unsere Reklame als Strafverteidiger ist das Gefängnis: Wenn man ein, zwei Delinquenten freibekommen hat, dann zirkuliert der Name. Nun, um an die Spitze zu kommen, gibt es mehrere Möglichkeiten: Entweder man hat ein Laster, geht in einen Sexclub oder zu Huren

und sucht sich seine Klientel im Milieu. Oder man ist der große Redner: Kaum hat er den Mund aufgemacht, wollen zehntausend Leute seine Visitenkarte haben. Dann gibt es den Sohn aus wohlhabender Familie, der die Klientel vom Vater erbt. Und die letzte Kategorie der Gewinner: die Gauner. Das sind die schwarzen Schafe. In meinem Roman karikiere ich einen von ihnen.

Und zu welcher Kategorie gehören Sie?
Als Frau stehe ich außerhalb jeder Kategorie. Strafverteidiger sind in der Regel Männer, denn es ist ein Beruf, in dem man eine große Klappe braucht. Die Klienten, Männer wie Frauen, ziehen einen Mann als Verteidiger vor. Und was die Geschworenen betrifft, so muss man sich nichts vormachen, die Frauen lassen sich von einem Mann eher erweichen. Und auch die Männer. Ich bin die Erste, die das bedauert, aber man macht diese Arbeit nicht, um die Lage der Frau zu verbessern, wirklich nicht. Wir verteidigen einfach einen Klienten.

Warum haben Sie diesen Beruf gewählt?
Ich mag Menschen. Die Extreme zeigen einem viel über sich selbst. Man kann nicht jemanden verteidigen und Distanz bewahren, man muss sich in den Dieb, den Pädophilen, den Vergewaltiger, den Gewalttäter hineinversetzen können. Man selbst unterscheidet sich gar nicht so sehr von den anderen. Aber ich habe meine Grenzen: Ich kann zum Beispiel keine Autoraser verteidigen. Vergewaltiger hingegen verteidige ich, bis zu einem Punkt, an dem ich vergesse, dass ich eine Frau bin. Letztlich versteht man immer die sexuelle Frustration. Wirkliche Schweine gibt es nur wenige. Ich bin in meinem Leben nur vier oder fünf begegnet.

Aus: Nova, November 2004

metro – Spannungsliteratur im Unionsverlag

»Die *metro*-Bände gehören auf jeden Fall zum Besten, was derzeit an sogenannter Spannungsliteratur zu haben ist.« *Michaela Grom, Südwestrundfunk*

Bernardo Atxaga *Ein Mann allein*
Der große Roman einer vom Scheitern ihrer Revolution enttäuschten Generation – im Rhythmus eines Thrillers geschrieben.

Lena Blaudez *Spiegelreflex; Farbfilter*
Im westafrikanischen Benin ist Vodou Staatsreligion und damit so real wie Profikiller, Bürokraten und internationale Abzocker.

Patrick Boman *Peabody geht fischen; Peabody geht in die Knie*
»Peabody ist der niederträchtigste Ermittler, der jemals in Szene gesetzt wurde.« *WDR*

Hannelore Cayre *Der Lumpenadvokat*
»Eine verblüffende Geschichte voller Haken und Kapriolen.« *Le Figaro*

Driss Chraïbi *Inspektor Ali im Trinity College*
Inspektor Ali aus Casablanca kombiniert wie Sherlock Holmes und kommt daher wie ein marokkanischer Bauer.

Liza Cody *Gimme more*
»Mit Birdie Walker gelingt Cody ein großer, ein wunderbarer Bluff.« *Die Zeit*

José Luis Correa
Drei Wochen im November; Tod im April
Privatdetektiv Ricardo Blanco ermittelt an einem Ort, den es für die Kriminalliteratur erst noch zu entdecken gilt: Las Palmas auf Gran Canaria.

Pablo De Santis *Die Übersetzung; Die Fakultät; Voltaires Kalligraph; Die sechste Laterne*
»De Santis ist ein meisterhafter Erzähler. Kafka und Agatha Christie hätten ihr Vergnügen daran.« *NDR*

Garry Disher *Drachenmann; Hinter den Inseln; Flugrausch; Schnappschuss*
»Garry Disher ist zurzeit einer der besten Kriminalschriftsteller der Welt.« *WDR*

Rubem Fonseca *Bufo & Spallanzani; Grenzenlose Gefühle, unvollendete Gedanken; Mord im August*
Rubem Fonseca zeichnet witzig, satirisch, virtuos und opulent die Bourgeoisie Brasiliens.

Jorge Franco *Paraíso Travel; Die Scherenfrau*
»Jorge Franco gehört zu denjenigen kolumbianischen Schriftstellern, an die ich die Fackel mit Freude weiterreiche.« *Gabriel García Márquez*

Jef Geeraerts *Der Generalstaatsanwalt; Coltmorde*
»Geeraerts legt die Mechanismen von Korruption, Machtmissbrauch, politischer Gewissenlosigkeit und religiösem Wahn bloß.« *ZDF*

Friedrich Glauser *Schlumpf Erwin Mord; Matto regiert; Der Chinese; Die Speiche; Die Fieberkurve; Der Tee der drei alten Damen*
»An Glauser kommt kein Krimifreund vorbei.« *Peter Zeindler*

Joe Gores *Hammett* – Die Vorlage für den gleichnamigen Film von Wim Wenders

Jean-Claude Izzo Die Marseille-Trilogie: *Total Cheops; Chourmo; Solea*
»Izzo besingt seine Stadt wie ein Liebender.« *Stadtmagazin Krefeld*

Stan Jones *Weißer Himmel, schwarzes Eis; Gefrorene Sonne; Schamanenpass*
»Jones lässt uns in die Seele der Ureinwohner Alaskas schauen.« *Hessischer Rundfunk*

H. R. F. Keating *Inspector Ghote zerbricht ein Ei; Inspector Ghote geht nach Bollywood; Inspector Ghote hört auf sein Herz; Inspector Ghote reist 1. Klasse*
»Ghote gehört in den Pantheon der literarischen Detektive.« *100 Masters of Crime*

Yasmina Khadra *Morituri; Doppelweiß; Herbst der Chimären*
»Hier sieht man mal wieder, wie wichtig Literatur ist.« *Elke Heidenreich*

Thomas King *DreadfulWater kreuzt auf*
»King muss als einer der wichtigsten Autoren der Native Americans gelten.« *Die Welt*

Bill Moody *Solo Hand; Moulin Rouge, Las Vegas; Auf der Suche nach Chet Baker; Bird lives!*
»Zwischen jeder Zeile klingt wunderbarer Jazz durch.« *Badische Zeitung*

Bruno Morchio *Kalter Wind in Genua*
»Morchio gehört zum Olymp der italienischen Krimiautoren.« *Noir Magazine*

Christopher G. Moore *Haus der Geister; Nana Plaza; Stunde null in Phnom Penh*
»Konsequente Action, meisterhafte Sprache, dazu angelsächsischer Humor at its best.« *DeutschlandRadio*

Katy Munger *Beinarbeit; Gnadenfrist; Miststück*
»Eine tolle Heldin: Casey ist eine Mischung aus Philip Marlowe und Femme fatale.« *Brigitte Young Miss*

Peter O'Donnell *Modesty Blaise – Die Klaue des Drachen; Die Goldfalle; Operation Säbelzahn; Der Xanadu-Talisman; Ein Hauch von Tod*
»Mit Modesty wird es nie langweilig, höchstens einmal lebensgefährlich.« *Michael Kleeberg, FAS*

Celil Oker *Schnee am Bosporus; Foul am Bosporus; Letzter Akt am Bosporus*
»Celil Oker ist der Grandseigneur des türkischen Krimis.« *Stuttgarter Zeitung*

Leonardo Padura *Adiós Hemingway;*
Das Havanna-Quartett:
Ein perfektes Leben; Handel der Gefühle; Labyrinth der Masken; Das Meer der Illusionen
»Wir erleben Havanna live.« *NZZ*

Pepetela *Jaime Bunda, Geheimagent*
Was ist die Steigerung von James Bond? Jaime Bunda, Angolas effizientester Geheimpolizist!

Roger L. Simon *Die Baumkrieger*
»Simon bündelt explosive Konflikte zu einer spannenden Story.« *Das Magazin*

Susan Slater *Die Geister von Tewa Pueblo*
Tewa Pueblo in New Mexico liegt auf kargem Land. Die Eröffnung eines Spielkasinos verspricht Reichtum – doch um welchen Preis?

Clemens Stadlbauer *Quotenkiller*
»Manchmal glaubt man sich in einem Film der Marx Brothers.« *Wien Live*

Paco Taibo II *Vier Hände*
»Paco Ignacio Taibo II: ein Vagabund auf diesem Planeten.« *L'Humanité*

Masako Togawa *Schwestern der Nacht; Trübe Wasser in Tokio; Der Hauptschlüssel*
»Das Fremde und das Bekannte verschmelzen geheimnisvoll, die Spannung ist erschreckend.« *Ruth Rendell*

Gabriel Trujillo Muñoz *Tijuana Blues; Erinnerung an die Toten*
»Gabriel Trujillo Muñoz ist der fantasievollste und originellste Autor Mexikos, eine echte Entdeckung.« *Reforma*

Nury Vittachi *Der Fengshui-Detektiv; Der Fengshui-Detektiv und der Geistheiler; Der Fengshui-Detektiv und der Computertiger; Shanghai Dinner*
»Ein gelungenes Crossover mit Kultpotenzial.« *Der Standard*

Manfred Wieninger
Der Engel der letzten Stunde
»Gutes Buch, gutes Buch. Österreichische Krimiautoren haben einfach Saft.« *Die Weltwoche*

Helen Zahavi *Donna und der Fettsack; Schmutziges Wochenende*
»Zahavi gewinnt dem Machtkampf zwischen Mann und Frau bizarre Seiten ab.« *Stern*

Bestellen Sie unseren kostenlosen Verlagsprospekt:
Unionsverlag, CH-8027 Zürich, mail@unionsverlag.ch